ERA UMA VEZ À MEIA-NOITE

O Clube dos Segredos Reconta
Edgar Allan Poe

São eles Pedro Bandeira, Rosana Rios, Rogério Andrade Barbosa, Leo Cunha e Luiz Antonio Aguiar. Cinco escritores consagrados, adentrando no reino do terror e dos mistérios de Edgar Allan Poe, com algumas das histórias mais ousadas que já escreveram.

Leia também a coleção CLUBE DOS SEGREDOS:

Segredos perigosos
Segredos roubados

Luiz Antonio Aguiar (org.)

ERA UMA VEZ À MEIA-NOITE

galera
RECORD

Rio de Janeiro | 2011

CIP-BRASIL. CATALOGAÇÃO-NA-FONTE
SINDICATO NACIONAL DOS EDITORES DE LIVROS, RJ

E55

Era uma vez à meia-noite / [autores Leo Cunha... [et al.]; organização e tradução Luiz Antonio Aguiar; tradução Rosana Rios]. - Rio de Janeiro: Galera Record, 2011.

"Edgar Allan Poe, Homenagem pelo Bicentenário de Nascimento (1809-2009)"
ISBN 978-85-01-08682-2

1. Poe, Edgar Allan, 1809-1849. 2. Ficção infantojuvenil. I. Cunha, Leo, 1966-. II. Aguiar, Luiz Antonio, 1955-. III. Rios, Rosana, 1955-. IV. Série

11-3826

CDD: 028.5
CDU: 087.5

Copyright © Luiz Antonio Aguiar, Pedro Bandeira, Rosana Rios, Rogério Andrade Barbosa, Leo Cunha, 2009

Texto revisado segundo o novo Acordo Ortográfico da Língua Portuguesa.

Todos os direitos reservados.
Proibida a reprodução, no todo ou
em parte, através de quaisquer meios.

Composição de miolo: Abreu's System

Direitos exclusivos desta edição reservados pela
EDITORA RECORD LTDA.
Rua Argentina 171 - Rio de Janeiro, RJ - 20921-380 - Tel: 2585-2000

Impresso no Brasil

ISBN: 978-85-01-08682-2

Seja um leitor preferencial Record.
Cadastre-se e receba informações sobre nossos lançamentos
e nossas promoções.
Atendimento e venda direta ao leitor:
mdireto@record.com.br ou (21) 2585-2002

EDGAR ALLAN Poe nasceu em Boston, EUA, em 19 de janeiro de 1809, e morreu em Baltimore, em 7 de outubro de 1849. Foi crítico, contista e poeta — seu poema mais famoso, *O corvo*, é conhecido no mundo inteiro. Suas histórias de terror e mistério estão entre as mais adaptadas para o cinema, tevê, quadrinhos e outros veículos. Estrela da Literatura romântica americana e mundial, e considerado o fundador da moderna novela policial, Poe sempre teve como prioridade capturar a atenção do leitor e provocar nele efeitos cuidadosamente arquitetados por sua refinada técnica de composição literária. Poe influenciou praticamente todos os escritores que se propuseram a escrever para o grande público até hoje. Mas não somente estes. No Brasil, Machado de Assis foi um atento observador de alguns de seus mais impactantes recursos técnicos, além de traduzir *O corvo* para o português. Poe não teve uma vida feliz, nem fácil. Órfão muito cedo, sua primeira mulher, Virginia, morreu de tuberculose em 1847. A doença da mulher, segundo biógrafos, o levou a beber e a sofrer de crescentes problemas nervosos, aos quais se somavam as dificuldades financeiras — já que nunca recebeu pagamento condizente com o sucesso de sua obra publicada. Aliás, Poe foi o primeiro americano de renome a tentar viver de seu trabalho como escritor. No entanto, a inexistência de leis referentes a direitos autorais e a proliferação de cópias não autorizadas de seus contos inviabilizaram sua subsistência. Em 3 de outubro de 1849, foi encontrado vagando pelas ruas de Baltimore, em estado delirante e vestindo roupas que não eram suas. Não se chegou à conclusão de qual foi a doença que o vitimou, dias depois, sem que ele jamais tivesse recobrado a consciência.

Sumário

O clube dos segredos invade o reino da meia-noite 9

Um crime mais que perfeito...11

O coração delator 29

O poço...39

O poço e o pêndulo 61

Os dentes da Berê 88

Berenice 101

Cortina...118

A carta roubada 156

O gato..187

O gato preto...198

Cronologia de Edgar Allan Poe 214

O mestre da lúgubre hora...216

Os lúgubres membros do lugubérrimo clube dos segredos...........221

O Clube dos Segredos Invade
o Reino da Meia-Noite

Era uma vez à meia-noite, lúgubre hora...
O corvo, Edgar Allan Poe

EDGAR ALLAN Poe é desses escritores que exploram a suspeita de que o pior que um vivente deve temer — seu mais poderoso, seu inelutável terror — está dentro de si. A dúvida, sempre a percorrer suas histórias, é se esse terror nasce no coração, na mente da criatura... ou no seu espírito. Imagine só... na sua alma!

Mestre da lúgubre hora, a meia-noite, Poe é também o escritor que deu forma à moderna novela policial — seu detetive, Auguste Dupin, é o pai de Sherlock Holmes (criado por Sir Arthur Conan Doyle), de Hercule Poirot e Miss Marple (criados por Agatha Christie) e muitos outros. Mais do que isso, Poe é um escritor especialmente amado e admirado por outros escritores, por conta dos impactantes recursos técnicos que domina na arte de contar histórias. Não é por acaso, portanto, que os cinco autores do Clube dos Segredos tenham-se descoberto, todos eles, admiradores de Edgar Allan Poe, sendo que alguns até o elegeram como seu autor predileto. Nada como um escritor genial, que sabe contar bem suas histórias, criar intrigantes personagens, compor momentos cruciais e atordoantes nas suas narrativas, para cativar outros escritores que também empenham seu talento e sua prática de anos no ofício com essa mesma vontade de criar histórias que marquem seus leitores.

Era uma vez à meia-noite é uma homenagem a Edgar Allan Poe, por ocasião dos 200 anos de seu nascimento. E, principalmente, uma confissão de cumplicidade com um grande mestre na arte de manipular o mistério e as fragilidades da razão. Que nos transporta para seus contos com um elaborado cuidado na avaliação de cada elemento posto em cena. Antes de tudo, Poe foi um escritor obcecado por seduzir, capturar, envolver, surpreender e chocar seus leitores, utilizando ingredientes da Literatura mais popular.

Em *Era uma vez à meia-noite*, cada escritor do Clube dos Segredos escolhe seu conto favorito e o recria livremente. O volume contém ainda os textos originais, em versão integral e traduções atuais, exclusivas para esta edição; e, ainda, notas, dados sobre a vida e a obra de Poe, além de comentários ao final de cada conto sobre o original e o que foi destacado na recriação.

Tudo isso para oferecer a você, leitor, um mergulho nesses domínios das incertezas noturnais (ou de nosso íntimo), de onde o corvo, desolador personagem, nos surge, nas horas mortas da madrugada, para desencavar nosso pavor mais inconfessável e ressuscitá-lo bafejando bem às nossas costas:

Espectral Corvo, sombria ave ancestral, que chega das entranhas da noite.
Diga-me por qual imponente nome o chamam no abismo das trevas infernais.
E responde o Corvo: "Nunca-mais."

Um crime mais que perfeito

Pedro Bandeira

Recriando
O coração delator

O *CORAÇÃO DELATOR* é um dos mais famosos contos de Edgar Allan Poe. Foi publicado pela primeira vez em janeiro de 1843, na primeira edição da revista *The Pioneer*, sediada em Boston. Seu título original foi *The Tell-Tale Heart*. Pela publicação, Poe recebeu 10 dólares e, apesar de o conto ter sido republicado inúmeras vezes, enquanto o autor ainda estava vivo, não consta que ele tenha recebido outros pagamentos. Na edição original, o conto era precedido por uma citação do poema *Um salmo da vida*, de Henry Wadsworth Longfellow (poeta americano, 1807-1882): "A Arte é duradoura e o Tempo é fugidio, / E nossos corações, embora rijos e valentes, / Como tambores abafados, ainda rufam / marchas fúnebres a caminho das sepulturas".

Pedro Bandeira nos oferece o comentário a seguir, sobre sua recriação do conto de Poe:

> Comecei como leitor desde os albores da década de 50 do século passado. No meu tempo, escolas não recomendavam leituras para provas e quem lia o fazia por prazer. Assim, logo em seguida

aos livros infantis que havia na época, logo depois de Lobato, meninos como eu mergulhavam em autores de humor como Mark Twain, de aventura como Jack London, de folhetins emocionantes como Rafael Sabatini, Edgar Rice Burroughs ou Maurice Leblanc, de mais aventuras, ficções ou dramas dilacerantes como Alexandre Dumas, Júlio Verne ou Victor Hugo, e ninguém escapava dos autores de mistério. Quem da minha geração não se deliciou com Arthur Conan Doyle ou Agatha Christie?

Lembro-me muito bem de *Histórias extraordinárias*, de Edgar Allan Poe. Talvez o primeiro contista que li tenha sido Mark Twain, mas o tal Poe logo me fez a cabeça. Apaixonado que sempre fui por cinema, degustei as personificações barrocas que Vincent Price e Peter Lorre fizeram de vários contos do Poe. Mas um deles, *O coração delator* é a forma mais perfeita de conto — é literatura em estado puro!

Assim, quando recebi a incumbência de manifestar minha ligação com esse autor americano através de um novo conto, imediatamente me veio à cabeça a obra-prima que ainda é *O coração delator*. É claro que eu não quis fazer uma versão do conto do Poe. Criei, então, uma história absolutamente nova, utilizando dele somente a magnífica chave do crescendo da tensão que leva ao desfecho surpreendente.

Que bom foi ler Poe! E que bom foi escrever na cola dele! Se temos de aprender, vamos aprender com os melhores, não é?

Um crime mais que perfeito

Pedro Bandeira

A CORDEI DE um sono pesado, relaxante, sem sonhos. Sorri, ainda de olhos fechados, e me espreguicei gostosamente, apesar da dureza do colchão.

Cocei a virilha. Pulgas. É claro que só poderia haver pulgas naquela cadeia de terceira categoria. Mas não me importei com isso. Meu plano tinha dado certo. Muito certo.

"Sou um gênio!", pensei, satisfeito.

A cela onde eu estava não dava diretamente para a rua. A única janela gradeada, muito alta, fora do meu alcance, dava para um corredor largo. Nesse corredor deveria haver outras janelas também fortemente gradeadas, por onde se filtrava um pouquinho de luz natural. A luz que vinha de lá era tão pouca que quase não ajudava a complementar a fraqueza da única lâmpada da cela, que estava acesa. Lembrei-me de que ela fora desligada na noite passada. Deviam ser umas dez horas. Pelo jeito, os regulamentos daquela cadeia miserável obrigavam que as celas ficassem na escuridão durante toda a noite. Eles tinham me tirado o relógio, mas aquela lâmpada acesa mostrou-me que já havia amanhecido.

Devia ser uma manhã feia, como adivinhei pelo barulho de uma chuva forte que eu podia ouvir lá fora.

"Que cadeia vagabunda!", eu avaliava. "Acho que escolhi certo. Nem hora para o café da manhã essa gente tem. Ai, mas que *tipo* de café da manhã será que eles servem por aqui?"

Senti um pouco de fome. Mas sorri ao pensar que, dentro de poucos dias, eu estaria em algum hotel cinco estrelas, nos Estados Unidos talvez, sendo servido na cama por uma garçonete de peitos grandes que transbordavam para fora do decote. Fechando os olhos, pude até sentir o cheirinho do café servido em uma bandeja de prata, com o jornal do dia ao lado, um vasinho com uma rosa amarela, geleias, suco, pãezinhos quentes... Torci o nariz ao me lembrar da mania dos americanos de comer ovos fritos e *bacon* no café da manhã. E de que aquele jornal deveria estar escrito em inglês.

"*Breakfast!*", praguejei para mim mesmo. "Na minha nova vida, acho que vou ter de aprender inglês..."

Levantei-me e urinei na privada encardida do canto da cela, sem paredes para proteger o usuário dos olhares de fora.

Além das grades da cela, somente outro corredor, onde um carcereiro sonolento ficara o dia anterior inteiro resmungando e ouvindo seu radinho de pilha.

A mesinha do carcereiro estava vazia. Sobre ela, o tal rádio, mudo.

"Melhor!", pensei. "Quanto menos eu tiver de ver a cara desses caipiras, melhor!"

Meu plano tinha sido perfeito. Irretocável!

* * *

A ideia me ocorreu numa boate enfumaçada, quase deserta, no mesmo instante em que prestei atenção a um garçom, olhar morto, que mecanicamente limpava o balcão com um pano encardido.

Como se parecia comigo! E era o próprio derrotado, um humilde trabalhador da noite, sobrevivendo à custa de magras gorjetas de clientes bêbados, mas que tinha a minha boa aparência. Obviamente aquele garçom era muito burro para viver de sua figura, como eu fazia tão bem com a minha, conquistando ricaças solitárias.

Naquela madrugada, na boate, eu me sentia também um derrotado, quase como o pobre garçom. Eu escolhera a dedo a ricaça que me pareceu certa. Meia-idade, sozinha, carente... A mulher certa para casar e garantir o meu futuro antes que o tempo viesse roubar-me a juventude, a força e a capacidade de conquistar facilmente as mulheres que me sustentavam.

Mas aquela mulher... Ah, revelara-se uma bruxa logo depois do casamento. Tratava-me como uma criança dependente, dava-me uma mesada ridícula, mantinha-me sempre à vista, sempre a seu serviço, sempre tolhido, acorrentado àquela mansão como um cão no quintal.

O garçom, tão parecido comigo, inspirou-me a ideia na hora. Amadureci-a durante uma semana e voltei à boate, com o plano arquitetado. Lá continuava o garçom, na mesma vidinha, enxugando o mesmo balcão, vivendo a mesma derrota. A mim bastou aproximar-me com uma gorda gorjeta para conquistar a confiança do homem.

Fizemos amizade. Encontrava-me às vezes com ele, até mesmo fora da boate. O sujeito vinha sempre com uma conversa sobre a mulher doente, sobre os três filhos pequenos... Uma chatice! Mas eu fingia interessar-me e às vezes arranjava-lhe um dinheirinho, nada grande, separado do que eu conseguia arrancar da avareza da mulher. O resto eu guardava, juntava, gastando o mínimo possível, a fim de garantir o capital necessário para o dia da ação principal.

Dizia ao garçom que aquilo era um "empréstimo entre amigos". Os tais empréstimos eram dinheiro que jamais voltaria, eu estava cansado de saber. Mas faziam parte do plano. Era um investimento até barato para o retorno que eu tinha em mente.

As poucos, encontrei uma maneira de ir direto ao ponto. Disse ao garçom que queria fazer uma brincadeira com uns amigos do interior. Tudo o que ele precisava fazer seria ir a uma certa cidadezinha, bem próxima da capital, fingir-se de bêbado e armar uma briga em um bar. Deveria fazer o estrago que pudesse, quebrar algumas garrafas, algumas cadeiras, e sair depressa no carro que eu lhe emprestaria.

A quantia de dinheiro que dessa vez eu ofereci foi muito bem acolhida pelo pobre garçom, que provavelmente calou algumas perguntas sugeridas pela sua pouca inteligência.

Deu tudo certo. Tudo mais do que certo. O homem fez tudo como eu planejara.

* * *

Em casa, eu preparara o terreno com habilidade. Mostrara-me interessado em procurar terras no interior para ajudar minha esposa a investir sua fortuna. Logo, a bruxa, os empregados da casa e meus poucos amigos passaram a saber disso. A bruxa até pareceu satisfeita ao ver o marido interessado em outra coisa além de tomar-lhe dinheiro.

No dia escolhido, vestindo um terno espalhafatoso, saí pilotando o Mercedes da mulher. Dirigi para a tal cidadezinha, distante uns 60 quilômetros, e registrei-me no único hotelzinho do lugar. Andei bastante por lá, visitando corretores, perguntando sobre escrituras no cartório de registro de imóveis e fazendo que me vissem bem, ajudado por aquele terno diferente.

À noite, dirigi para fora da cidade, para o encontro marcado com o garçom, em um ramal deserto da estrada. Às dez horas, como esperado, o homem apareceu, a bordo do seu carrinho caindo aos pedaços. Trocamos de roupa, e o garçom sorriu ao vestir um terno como aquele.

— Não se esqueça — lembrei ao garçom. — Vá para o bar, finja-se de bêbado e, lá pela meia-noite, quando o proprietário quiser fechar, faça-se de ofendido, diga que não vai sair e comece os estragos. Não precisa exagerar, mas faça o maior estardalhaço possível.

— Pode deixar — concordou ele, antegozando a diversão.

Entrou no Mercedes e rumou para a cidadezinha.

Quando o carro desapareceu de vista, entrei no carrinho dele e fiz o retorno para a capital. A outra parte do meu plano, a mais importante, ficava a meu encargo.

Eu ria comigo mesmo. Enquanto eu estivesse na capital, realizando aquela parte mais importante do plano, o garçom, que era quase a minha cara, dirigindo meu carro, vestindo minhas roupas espalhafatosas, realizaria a segunda metade do plano, fazendo estragos no tal barzinho. Era o meu álibi. Perfeito.

* * *

Nem os empregados da casa nem os amigos souberam que eu voltara para a capital naquela noite.

A bruxa soubera. É claro que soubera. Tinha de saber. Mas a surpresa que começara a estampar-se em seu rosto emplastrado pelos cremes que todas as noites lhe cobriam a cara desapareceu com o tiro.

* * *

Dirigindo o velho carrinho, voltei calmamente em direção ao mesmo ponto da estrada, para o segundo e último encontro com o garçom. Passava de uma hora da madrugada.

O homem não demorou a chegar, dirigindo o Mercedes. Nem percebeu que eu estava diferente, mais nervoso do que o normal. E, mesmo que percebesse, não perguntaria nada, de tão excitado que estava com a própria aventura e com o dinheiro que embolsaria como pagamento pela diversão daquela noite.

Paguei-lhe o combinado e trocamos novamente de roupa. O homem continuava rindo-se das "brincadeiras" e dos estragos que promovera naquela noite. Naturalmente o pobre-diabo não fazia a menor ideia do meu plano. Principalmente da parte em que deveria representar seu melhor papel. O papel de cadáver.

Aquele trecho de estrada de terra era perfeito. Recuado, escuro como breu. Bem perto, uma pequena cachoeira encobriria o barulho que eu teria de fazer. Andamos uns 20 metros, rindo muito, até a beira da água, pois eu dei a desculpa de que precisava urinar.

O pobre homem, pondo-se também a urinar a cerveja que consumira antes de fazer o que eu lhe tinha sugerido, estava de costas para mim e ainda ria de suas aventuras quando eu apontei a automática para sua nuca. O estalo seco do tiro misturou-se ao murmúrio da cachoeirinha e o homem caiu para a frente, com a cara na água. Nenhum grito, nenhum gesto.

Ao longe, tudo o que se ouvia eram os latidos de um cão.

Abaixei-me e revistei os bolsos do cadáver. Peguei de volta o dinheiro que lhe dera, junto com os trocados miseráveis que o homem trazia consigo e com os documentos que encontrei. Tirei-lhe do pulso o relógio barato e arranquei-lhe do pescoço uma correntinha, na certa uma pobre imitação de ouro, com uma medalhinha de algum santo que não reconheci. Tudo pronto, empurrei o cadáver mais para dentro da água.

Estava feito.

Quem se importaria mais tarde com aquele cadáver? Quem se importa hoje em dia com mais uma vítima de assalto? Ou com um velho carro popular abandonado na estrada? Aquele era um pobre coitado. Vivera como um pobre coitado e morrera como um pobre coitado. Pensariam que fora assaltado e assassinado por outro pobre coitado e como um pobre coitado seria enterrado. Sem identificação. Na vala comum dos pobres coitados.

Nem me ocorreu que, atrás do pobre coitado, ficara uma viúva com três crianças pequenas. Mas isso não me importava. Não havia viúvas nem crianças pequenas em meu plano. E meu plano era perfeito.

Entrei no Mercedes e, quando achei que a distância era suficiente, comecei a jogar fora, a cada três ou quatro quilômetros, a correntinha, a medalhinha, o relógio e os pedacinhos dos documentos, que fui rasgando.

* * *

Dirigi calmamente para a cidadezinha. Eram quase duas horas da madrugada quando entrei no hotel, fazendo um pouco de barulho, cambaleando como bêbado, naquele ponto em que a vontade de fazer arruaças provocada pelo álcool já se transformava em sono. Estava certo de que o idiota do porteiro noturno do hotel se lembraria mais tarde de que me vira entrar.

É lógico que mal consegui dormir. Mas, de manhã, estava alerta e barbeado, vestindo o terno espalhafatoso. O resto do plano, a população e a polícia da cidadezinha cumpririam facilmente. Saí do hotel, respirando o ar da manhã.

O comércio estava começando a abrir suas portas, e eu não fiz nenhuma questão de passar despercebido. Parei na prefeitura, fui ao cartório, falei alto, pedindo para consultar escrituras, mostrei-me malcriado, saí.

Fui até o barzinho onde o falecido garçom fizera sua algazarra na noite anterior. Pedi um café e um bolinho que nem ousei morder. Notei a surpresa do proprietário. Fiz-me de desentendido, paguei e fui saindo.

Andei meio sem destino, vagarosamente, em torno da pracinha.

Não demorou e um policial aproximou-se, dando-me voz de prisão. Com o canto dos olhos, eu pude ver o dono do barzinho, que ficou a uma distância cautelosa, mas que certamente me apontara ao policial.

A última parte do plano estava completa.

Eu representara direitinho. Mostrara-me surpreso com o que estava acontecendo. Esbravejara. Pedira para telefonar ao meu advogado. Consentiram. Telefonei para a casa do advogado da minha mulher, que acordou e prometeu correr para a cidadezinha. Isso também fazia parte do plano. O advogado deveria estar na estrada, indo para lá, quando tentassem localizá-lo para comunicar a morte de uma de suas clientes mais ricas.

Colocaram-me em uma cela. A única que estaria ocupada. A cadeia era minúscula, mas podia ser menor ainda.

Aquela porcaria de cidade era tão incompetente que nem o crime tinha chegado até lá.

Duas horas depois, o advogado chegou, falou com o delegado e prometeu conseguir um *habeas corpus* na manhã seguinte.

— Infelizmente, o senhor vai ter de passar esta noite aqui.

Eu sabia disso. Fingi-me de ofendido. Disse que tudo aquilo era um absurdo. Que não ficaria assim. Eu sabia que, no final das contas, bastaria pagar pelos estragos feitos pelo falecido garçom e tudo ficaria bem.

À tarde, o advogado voltara. Vinha vermelho, nervoso, sem saber como começar a falar.

Mais uma vez, eu representara magistralmente. Quando soube da morte da minha esposa, descabelei-me, exigi que me soltassem, ameacei novamente.

O delegado mostrou-se sensibilizado, mas nada podia fazer sem a ordem de um juiz. O tal *habeas corpus* só viria na manhã seguinte, e eu tinha de conformar-me com uma noite na cadeia. O advogado voltou a repetir "infelizmente", desculpou-se e acabou indo embora.

* * *

Eu ficara sozinho em minha cela. Como esperava. Com o álibi mais sólido do mundo. Estava preso por um pequeno delito que aquele garçom cometera por mim enquanto eu matava minha mulher, na mesma hora e a 60 quilômetros da cidadezinha! Por isso, naquela manhã, eu acordara tão feliz, trancado numa cela de prisão.

"Genial! Brilhante!", eu mesmo me cumprimentava. "Eu sou um gênio. Um gênio rico!"

Senti vontade de rir, de gritar, de dançar, mas era obrigado a manter as aparências. Tinha de parecer arrasado com a morte de minha mulher e revoltado por estar naquela cadeia miserável.

Mas aparentar tudo aquilo para quem? Até aquele momento, o carcereiro não aparecera. Nada do café da manhã. Nem um ruído se ouvia na cadeia.

Ruídos? Vindo do lado de fora, ouvia-se algum barulho. Os ruídos eram diferentes, mas pareciam nervosos, nervosos demais para uma cidadezinha pacata como aquela.

A chuva parecia aumentar. Uma tempestade. Dessas em que todo mundo devia ficar em casa, protegido. Mas nada disso parecia acontecer. Ao contrário. O que eu ouvia eram carros passando em velocidade, alguém gritando. Mais alguém. Gritavam o quê? Nada dava para entender.

Só a cadeia estava silenciosa. O que estava acontecendo?

— Ei, vocês aí! Alguém! O que está havendo?

Colado às grades da cela, eu chamei e chamei e chamei.

Nada. Nenhuma resposta.

Fora, aumentavam os gritos. Que diabo seria aquilo? Parecia... pânico!

Pânico? Por que o raio daquela gentinha de uma minúscula cidade do interior ficaria em pânico? Ah, se o maldito carcereiro aparecesse!

— Carcereiro! Carcereiro!

Silêncio dentro da cadeia. Barulho lá fora.

Deixei-me cair sobre o catre. Que se danasse o carcereiro e toda a excitação da maldita cidadezinha! Eu não tinha nada com isso. Dentro de poucas horas, estaria fora dali, a quilômetros de distância. O advogado deveria chegar em pouco tempo com o bendito *habeas corpus*. O resto que se danasse!

De repente, no meio da confusão externa, das aceleradas e do ranger de pneus partindo em velocidade, consegui distinguir um dos gritos. Ouvi perfeitamente:

— Vamos fugir daqui. Rápido. Não temos mais tempo!

Fugir? Por que raios estaria aquele caipira cretino querendo fugir?

Eu precisava ver o que estava acontecendo. Talvez, se conseguisse arrastar a cama para perto da janela gradeada...

O catre era leve e eu pude facilmente colocá-lo de pé, encostado à parede. Agarrei-me, escalei a cama e estiquei os braços. Talvez pudesse alcançar a borda da janela...

Mas o catre, além de leve, era frágil. Entortou com o meu peso e ruiu. Desabei junto com ele antes que meus dedos pudessem atingir o peitoril da janela gradeada. Abaixo, só o chão de cimento.

"Tléc!", fez minha perna ao bater no chão, e uma dor aguda, lancinante, percorreu-me todo o corpo, fazendo ferver a minha cabeça, numa explosão de sangue e sofrimento.

— Ahhhh!

Fiquei imóvel durante algum tempo. A perna parecia ter partido mesmo. O osso da coxa. Como era mesmo o nome daquele maldito osso? Ri, nervoso, suando frio. Eu nunca dera mesmo muita atenção à escola.

— Alguém! Carcereiro! Alguém me acuda! Estou ferido!

A fratura do maldito osso sem nome doía como o diabo. Amaldiçoei a curiosidade que me levara a tentar espiar lá fora. O que eu tinha a ver com aqueles idiotas que estavam querendo fugir por alguma razão mais idiota ainda?

— Calma... — balbuciei para mim mesmo. — Eu não tenho nada com isso. O que é uma perna quebrada? Isso se conserta. Vou ficar novinho em folha. Novinho e rico. Calma... está tudo bem, está tudo bem...

Havia uma caneca caída. Rolara quando tudo viera abaixo. Peguei-a e comecei a bater no chão de cimento, desesperadamente.

— Alguém! Socorro! Guardas! O que está acontecendo?

Arrastei-me até as grades. Por que o maldito carcereiro não aparecia para ouvir aquele maldito rádio?

Bati com a caneca nas grades. Alumínio contra ferro, o barulho era muito maior. Certamente seria ouvido até lá fora. Certamente alguém ouviria. Certamente alguém...

"Pein, pein, pein!", fazia a caneca batendo contra as grades.

Mas ninguém apareceu. Ninguém parecia ouvir. Lá fora, aos poucos, os ruídos foram diminuindo. Aos poucos, só o "pein, pein, pein" de minhas batidas ressoava, tendo o forte barulho da chuva como acompanhamento.

A caneca já estava totalmente amassada e meus dedos doíam quando eu finalmente desisti de bater nas grades. Por um instante, só o ruído da chuva entrava na cela.

"Alguma coisa... alguma coisa diferente deve ter acontecido", eu concluí. "Afinal de contas, nenhuma cadeia fica assim vazia. Afinal de contas... Calma, preciso ter calma. Tudo está sob controle. Logo que me levarem a um médico e me engessarem essa perna, tudo vai ficar bem..."

Caído no chão, ergui os olhos para a mesa do carcereiro. Lá estava o radinho de pilha.

"O rádio! Se eu pegar o rádio..."

A perna doía muito a cada movimento, mas consegui arrastar-me até a cama caída e pegar um lençol. Arrastei-me de volta para as grades e passei o lençol para fora. Apoiei-me em uma das mãos e levantei-me, sustentando-me na perna boa.

Estiquei o braço com o lençol para fora das grades. Dei um impulso e joguei-o na direção da mesinha do carcereiro, sem largar a ponta.

Falhei. Recolhi o lençol e tentei de novo.

Falhei novamente. A perna quebrada, solta, balançando a cada movimento, a dor aumentando... Eu queria deitar-me outra vez, mas precisava do rádio. Precisava de uma voz humana que me explicasse o que estava acontecendo.

Numa última tentativa, o lençol abriu-se por sobre toda a mesinha.

Respirei fundo. O suor corria-me pelo rosto, pelo corpo todo. Um suor de medo, um suor de dor, que se transformava em pânico.

Lentamente, fui puxando o lençol para mim. O pano agarrou-se ao que tinha sobre a mesa. Lápis, um bloco de papéis e... o radinho!

Com cuidado, arrastei o radinho até a beira da mesa. Mais um pouco, mais um pouco e...

Pronto! O radinho estava no chão. Bem mais próximo. Em seguida era só jogar o lençol novamente e arrastá-lo para mim.

Dessa vez foi fácil. O radinho era leve e veio docilmente, como um peixe cansado de lutar contra a rede.

Estiquei o braço e agarrei a presa.

Tinha o rádio nas mãos. Liguei-o apressadamente. Só estática. Girei o seletor, tentando melhorar a sintonia, procurar outra estação, mas...

— Droga! O radinho quebrou-se ao cair da mesa!

Não havia como mover o ponteiro. Encostei o ouvido no pequeno alto-falante e fiquei tentando distinguir alguma coisa em meio à matraca da estática.

Uma voz masculina, distante, driblava vez por outra os chiados. A voz parecia excitada, assustada, diferentemente da calma absurda dos locutores, que conseguem noticiar as maiores barbaridades com o mesmo tom com que apresentam a próxima atração.

"Réééc... voltamos a repetir... réééc... atenção... réééc..."

— Diabo de estática! Diabo!

"Aviso a toda a população... réééc... repetir... réééc... toda a área deve ser... réééc... réééc... réééc..."

— Maldita! Maldita estática! O que está havendo? O que está havendo?

O radinho calou-se.

Desesperado, soquei o rádio, com raiva.

A estática voltou. Mas só a estática.

— Maldita... ah, maldita...

Eu mal tinha forças para gritar. De meus lábios, os pedidos de socorro voltaram a sair, mas dessa vez na forma de lamentos.

— Socorro... me acudam... eu estou ferido... estou sozinho... ai, meu Deus, eu estou sozinho... não me deixem sozinho... pelo amor de Deus... Não me deixem sozinho...

Eu estava chorando. As lágrimas quentes corriam-me pelo rosto e eu soluçava como um bebê.

Subitamente, o radinho voltou a falar, dessa vez um pouco mais claramente:

"Réééc... voltamos a... réééc... a barragem rompeu-se... a barragem rompeu-se... réééc... toda a área vai ser inundada... réééc... a defesa civil alerta: fujam todos! Não levem nada. A força das águas da represa destruirá o restante da barragem! Toda a área vai ser inundada! Fujam! Fujam! Fujam pela vida!... réééc..."

O quê?!

A surpresa fez cair o radinho das minhas mãos. Eu e ele ficamos sem fala.

Mas àquela altura eu não precisava mais do rádio. Já sabia por que estava sozinho. Compreendia subitamente todos os ruídos de pânico que ouvira lá fora. A chuva fora forte demais. A barragem rompera-se e a cidade ia ser inundada! Tudo ficaria debaixo d'água!

Por isso todos tinham fugido. Os caipiras, o delegado, os guardas, o carcereiro. Todos escapariam do afogamento. Todos, menos eu.

O que me restava naquele momento era só a morte. Morte horrível. Imaginei as águas chegando, invadindo a cela, subindo... Imaginei-me tentando escalar as grades, fugir das águas, mas percebi que nada adiantaria. Meu destino estava traçado. Eu morreria afogado como um rato de esgoto!

Perdi completamente o juízo. Esqueci-me de tudo — do plano, da riqueza que estivera ao alcance de minhas mãos e da dor — e pus-me a lutar pela vida.

— Socorro! Vocês não podem me deixar aqui! Não podem! Voltem! Me ouçam! Eu fui preso por engano! Eu não tenho nada a ver com esta cidade! É tudo um engano! Não fui eu que briguei no bar! Não era eu! Me levem pra capital! Me entreguem pra polícia da capital! É lá que eu devia estar! Socorro! Não fui eu! Foi o garçom, foi o garçom que brigou no bar! O garçom! Ele agora está morto! Está morto, jogado num riozinho! Procurem! Fui eu! Fui eu que o matei! Era tudo um plano, um plano... Pra não pensarem que tinha sido eu! Pra que não soubessem que estava em casa naquela hora... Eu estava matando a minha mulher! Me acudam! Fui eu! Fui eu que matei a minha mulher! A minha mulher! Eu a matci! Eu a matei! Me levem pra capital! Me salvem! Fui eu! Fui eu! Eu não quero morrer! Eu não quero morrer!

Naquele exato instante, o barulho da chuva cessou como por encanto e outros ruídos invadiram a cela.

Caído no chão, desesperado pela dor e pela perspectiva da morte próxima, demorei a compreender por que, de repente, uma pequena multidão invadia a cela.

Através das lágrimas, vi os guardas, o delegado, o carcereiro do radinho e mais alguns homens que eu nunca vira antes.

Um deles, o mais velho, meio gordo, vestindo um terno amarrotado, foi o primeiro a entrar na cela, assim que o carcereiro a destrancou.

— Muito bem. Conseguimos! — festejou uma voz no meio do grupo.

O tira mais velho acocorou-se ao meu lado. Sorria levemente. Com calma, tirou um cigarro do maço, acendeu-o e estendeu-o para mim.

— Você... quem é você? — balbuciei, atônito. — O que aconteceu? A barragem...

— Está firme como sempre esteve, fornecendo energia para metade do estado — respondeu o tira.

— Mas então... eu... o rádio? O locutor...? Ele...

— Uma gravação, meu caro. Uma engenhosa gravação embutida no radinho. Você quase pôs tudo a perder quando socou o radinho. Mas era um risco que tínhamos de correr.

— Mas a chuva...? A tempestade...?

— Está um sol lindo lá fora, meu caro. Nada que uma boa gravação não possa disfarçar. Você sabe, a tecnologia de hoje...

Meus lábios tremiam, eu custava a compreender. Tudo acontecera muito rápido.

— Mas o meu plano... o meu álibi...

— Era perfeito, meu caro. Era mais que perfeito...

O CORAÇÃO DELATOR

EDGAR ALLAN POE

TRADUÇÃO DE ROSANA RIOS

É VERDADE. TENHO sido, e ainda sou, nervoso, terrivelmente nervoso; mas por que dirão que sou louco? A doença aguçou meus sentidos, não os destruiu, não os embotou. E acima de todos estava o sentido agudo da audição. Eu ouvia todas as coisas nos céus e na terra. Eu ouvia muita coisa do inferno. Como, então, sou louco? Prestem atenção! E observem com quanta sanidade, e com quanta calma, eu posso lhes contar toda a história.

É impossível dizer como a ideia entrou em meu cérebro a princípio; mas, uma vez concebida, assombrava-me dia e noite. Motivo não havia. Paixão não havia. Eu gostava daquele velho. Ele nunca havia me prejudicado. Nunca havia me insultado. Eu não desejava seu ouro. Acho que foi o olho. Sim, foi isso! Um de seus olhos parecia o olho de um abutre — um olho azul pálido com uma pele por cima. Toda vez que me fitava, fazia meu sangue gelar, e foi aos poucos, muito gradualmente, que eu decidi tirar a vida do velho para me livrar daquele olho para sempre.

Agora, é esse o ponto. Vocês me julgam louco. Os loucos não sabem de nada. Mas deveriam ter me visto! Deveriam ver com que esperteza eu agi, com quanto cuidado, com quanta precaução e com quanta dissimulação eu trabalhei! Nunca fui tão bondoso com o velho como durante toda a semana antes de matá-lo. Todas as noites, por volta de meia-noite, eu girava a tranca de sua porta e a abria, oh, tão suavemente! E então, quando obtinha uma abertura com espaço suficiente para minha cabeça, fazia entrar um lampião todo fechado, de tal forma que nenhuma luz brilhasse, e então introduzia a cabeça. Ah, vocês teriam achado graça ao ver com quanta astúcia eu entrava lá! Eu me movia devagar, muito, muito devagar, para não perturbar o sono do velho. Levou uma hora até que minha cabeça entrasse completamente pela abertura e me permitisse vê-lo deitado na cama.

Ah! Teria um louco sido assim tão esperto? E então, quando a minha cabeça já estava dentro do quarto, eu abria o lampião cuidadosamente — oh, tão cuidadosamente. Tomava cuidado para as dobradiças não rangerem e, abria a porta apenas o suficiente para que um único raio de luz incidisse sobre o olho de abutre. E isso eu fiz por sete longas noites, exatamente à meia-noite, mas, já que encontrava o olho sempre fechado, era impossível fazer o trabalho, pois não era o velho que me atormentava: era seu Olho Maligno.

E todas as manhãs, ao raiar do dia, com audácia, eu ia até seu quarto, falava animadamente com ele, chamava seu nome num tom carinhoso e perguntava como havia passado a noite. Então, vejam que ele teria de ser um velho muito perspicaz, na verdade, para suspeitar de que toda noite, às doze, eu o observava enquanto dormia.

Na oitava noite, fui mais cuidadoso que de costume ao abrir a porta. O ponteiro dos minutos no relógio se move mais depressa do que minhas mãos se mexiam. Nunca havia sentido, como naquela noite, a extensão de meus poderes, de minha sagacidade. Mal podia conter meus sentimentos de triunfo. Pensar que lá estava eu, abrindo a porta pouco a pouco, e que ele nem mesmo sonhava com o que eu secretamente fazia ou planejava! Ri com aquela ideia, e talvez ele tenha me ouvido, pois moveu-se na cama de repente, como que assustado. Vocês podem pensar que isso me fez recuar — mas não. Seu quarto era negro como piche, naquela escuridão pesada (as venezianas estavam trancadas, por medo de ladrões), e, portanto, eu sabia que ele não podia enxergar a abertura da porta, e continuei empurrando-a, com firmeza, sem parar.

Minha cabeça estava lá dentro, e eu ia abrir o lampião quando meu dedo escorregou no fecho de metal e o velho levantou-se na cama, gritando: "Quem está aí?"

Fiquei parado e não disse nada. Por uma hora inteira não movi um músculo, e naquele meio-tempo não o ouvi deitar-se. Ele ainda estava sentado na cama, tentando escutar qualquer ruído; assim como eu havia feito noite após noite, prestando atenção ao som dos besouros nas madeiras da parede.

Então, ouvi um leve gemido, e percebi que era um gemido de terror mortal. Não era de dor ou de tristeza — ah não! Era o som baixo e sufocado que emerge do fundo da alma, quando se está dominado por pavor. Conhecia bem aquele som. Em muitas noites, exatamente à meia-noite, quando todo mundo dormia, o barulho brotara de meu próprio peito, alimentando, com seu eco horrendo, os terrores que me perturbavam.

Eu disse que conhecia bem aquele som. Sabia o que o velho sentia, e tive compaixão dele, embora no fundo de meu coração achasse graça. Sabia que ele estivera acordado desde o primeiro e leve ruído, quando se mexeu na cama. Seus medos, desde aquele momento, haviam começado a crescer.

Tentara imaginar que eram infundados, mas não podia. Devia ter dito a si mesmo, "Não é nada, apenas o vento na chaminé, um camundongo atravessando o piso", ou "É apenas um grilo que cricrilou uma só vez". Sim, ele tentou encontrar conforto nessas suposições; porém todas foram em vão. *Tudo em vão*, porque a Morte, em sua aproximação, o havia espreitado com sua sombra negra e com ela envolvera sua vítima. Era a influência pesarosa dessa sombra imperceptível que o fazia sentir, embora nada pudesse ver ou ouvir, a presença de minha cabeça no quarto.

Quando eu já havia esperado bastante tempo, com toda a paciência, sem ouvi-lo deitar-se, resolvi abrir um pouco — com uma abertura muito, muito pequena — o lampião. Eu o abri — vocês não podem imaginar o quão furtivamente — até que aos poucos um único e fraco raio, como um fio de teia de aranha, saltou da abertura e incidiu sobre o olho de abutre.

Estava aberto, escancarado, e minha fúria cresceu conforme eu o fitava. Via-o com uma nitidez perfeita: todo azul desbotado, com um horrendo véu a cobri-lo, fazendo gelar a medula de meus ossos. Porém, eu não podia ver mais nada do rosto ou do corpo do velho, pois havia dirigido o raio, como que por instinto, exatamente sobre o maldito local.

Eu já não lhes disse que o que tomam por loucura é apenas uma aguda capacidade dos sentidos? Naquela hora, chegou aos meus ouvidos um som baixo, surdo, rápido, como se fosse um relógio envolvido em algodão. Eu também conhecia bem aquele som. Era o bater do coração do velho. Ele aumentou minha fúria, da mesma forma que o rufar de um tambor estimula a coragem de um soldado.

Mas mesmo nesse momento eu ainda me continha e permanecia parado. Mal respirava. Segurava o lampião, imóvel. Tentava, o mais regularmente que podia, manter o raio de luz sobre o olho. Enquanto isso, o bater infernal do coração aumentava. Ficou mais e mais rápido, mais e mais alto, a cada instante. O pavor do velho deve ter sido enorme! E aumentava, mais alto, a cada momento! Estão me entendendo bem? Já expliquei que sou nervoso: e sou. E naquela hora morta da noite, em meio ao fúnebre silêncio da velha casa, um barulho tão estranho como aquele me levou a um incontrolável terror. Contudo, durante alguns minutos ainda me contive e fiquei imóvel. Mas o bater crescia, mais alto, mais alto! Pensei que o coração explodiria. E uma nova ansiedade me tomou — o som seria ouvido por um vizinho! A hora do velho havia chegado! Com um grito alto, eu escancarei o lampião e saltei para dentro do quarto. Ele gemeu uma vez — só uma. Num instante eu o arrastei para o chão e puxei a pesada cama para cima dele. Então sorri com alegria ao ver a missão cumprida. Por vários minutos o coração bateu com um som abafado. Mesmo assim, isso não me abalou; ele não seria ouvido através das paredes. Afinal, cessou. O velho estava morto.

Removi a cama e observei o corpo. Sim, estava morto como uma pedra. Coloquei minha mão sobre o coração e a mantive ali por vários minutos. Não havia pulsação. Estava mesmo morto. Seu olho não me perturbaria mais.

Se ainda acham que sou louco, vocês mudarão de ideia quando eu descrever as espertas precauções que tomei para ocultar o corpo. A noite declinava e eu trabalhava com presteza, mas em silêncio. Em primeiro lugar, desmembrei o corpo. Cortei fora a cabeça, os braços e as pernas.

Arranquei três pranchas do piso do aposento e depositei aquilo tudo entre os vãos. Então recoloquei as tábuas tão perfeitamente, tão astutamente, que nenhum olho humano

— nem mesmo o dele — poderia suspeitar de alguma coisa. Não havia nada que limpar — nenhum tipo de mancha —, nem mesmo um pingo de sangue. Eu fora muito precavido com isso.

Quando terminei com todo o trabalho, eram quatro horas — e continuava tão escuro como à meia-noite. Quando o sino deu as horas, houve uma batida na porta da rua. Fui abri-la com o coração leve — afinal, o que eu agora tinha a temer? Entraram três homens, que se apresentaram, com perfeita gentileza, como oficiais da polícia. Um grito fora ouvido por um vizinho durante a noite; levantou-se a suspeita de algum ato ilegal. Uma queixa fora registrada no distrito, e eles (os policiais) haviam sido mandados para investigar o local.

Eu sorri — pois, o que tinha a temer? Dei as boas-vindas aos cavalheiros. O grito, eu disse, fora meu mesmo, durante um sonho. O velho senhor, mencionei, estava ausente, no interior. Pedi-lhes que investigassem — e investigassem bem. Levei-os, por fim, ao seu quarto. Mostrei-lhes os seus tesouros, seguros, incólumes. No entusiasmo de minha confiança, trouxe cadeiras para o quarto e lhes pedi que descansassem do trabalho enquanto eu, na louca audácia de meu triunfo, coloquei meu próprio assento sobre o ponto em que repousava o cadáver da vítima.

Os policiais estavam satisfeitos. Meu modo de agir os havia convencido. Eu estava completamente à vontade. Eles se sentaram e, enquanto eu lhes respondia animadamente, conversaram sobre assuntos familiares. Mas, pouco depois, senti que empalidecia e desejei que fossem embora. Minha cabeça doía e imaginei um zumbido em meus ouvidos; mas eles ainda estavam lá, conversando. O zumbido se tornou mais nítido: eu passei a falar com mais espontaneidade para me livrar daquele sentimento. O barulho, porém, continuava, e se tornava permanente — até que, por fim, percebi que o ruído não estava dentro de meus ouvidos.

Sem dúvida então eu fiquei *muito* pálido; falava mais rapidamente, e com a voz alterada. Todavia, o som aumentava — e o que eu poderia fazer? Era um som *baixo, surdo, rápido — como se fosse um relógio envolvido em algodão*. Eu mal podia respirar, e os oficiais, contudo, não o ouviam. Falei mais depressa, com mais veemência, e o barulho crescia aos poucos. Ergui-me e fiz perguntas triviais, num tom alto e com gestos violentos; mas o som aumentava regularmente. Por que eles *não iam* embora? Andei de um lado para o outro com passos pesados, como que levado à fúria pelas observações dos homens, mas o barulho ainda se ampliava.

Oh Deus! O que eu *podia* fazer? Espumei — enfureci-me — xinguei! Sacudi a cadeira em que estivera sentado e a bati sobre as pranchas do piso, porém o ruído tomava tudo e aumentava gradualmente. Ficou mais alto — mais alto — mais alto! E ainda os homens conversavam tranquilamente, e sorriam. Era possível que não ouvissem? Deus Todo-poderoso! — não, não? Eles ouviam — eles suspeitavam — eles *sabiam*! — estavam zombando do meu terror! — isso eu pensei, isso eu penso. Mas qualquer coisa era melhor que aquela agonia! Qualquer coisa era mais tolerável que aquela zombaria! Eu já não podia suportar seus sorrisos hipócritas! Senti que precisava gritar ou morrer! E de novo — mais uma vez — escutem! Mais alto! Mais alto! Mais alto! *Mais alto!*

"Bandidos!", eu berrei, "Não finjam mais! Eu admito o que fiz! — arranquem as pranchas! Aqui, aqui! É o bater do seu coração medonho!"

Comentário

QUASE TODOS os contos de terror escritos por Edgar Allan Poe utilizam um narrador — a voz que conta a história — que ao mesmo tempo é um personagem (especialistas em literatura estudam muito essa figura que chamam, usualmente, de *narrador-personagem*). Com isso, o leitor é quase instantaneamente colocado *junto* do personagem, ou mesmo dentro, sem rodeios, da sua *mente* (ou do seu *espírito*, ou ainda do seu *coração*). Tanto que, logo na primeira frase, o protagonista de *O coração delator* se dirige a nós, leitores, como se estivesse disposto a contar a "verdade", nada mais, nada além. Ou seja, pede que acreditemos nele e, quando a técnica é bem aplicada, consegue esse *efeito*.

Do mesmo modo, ainda no primeiro parágrafo da história, já o que ele confessa pode nos despertar dúvidas se ele seria a voz mais confiável para nos relatar os acontecimentos. Ao mesmo tempo, novamente esse primeiro parágrafo nos anuncia que a história que vamos ler, a partir das confidências desse protagonista instável e inconfiável, pode ser das mais estranhas. Ou por que outro motivo ele se apressa a nos mostrar que *não é* louco? Só pode ser porque seu relato nos levaria a desconfiar que a doença não afetou somente seus "sentidos", mas também seu juízo.

Poe, cuidadoso artesão do *efeito* do texto sobre seu leitor, deve ter retrabalhado longamente esse parágrafo, para nos incutir essas suspeitas... e nos colocar na situação de termos como única referência um relato no qual não conseguimos separar delírio de experiência extraordinária.

Sim, porque como checar o que ele nos conta? A história é um monólogo — não há *outro* narrador, nem outra testemunha das peripécias do conto, seja para negar ou para confirmar a versão que ele nos apresenta. Então, a loucura tomou conta do assassino, levando-o a escutar as batidas de um coração morto...? Ou ali estava mesmo o coração a denunciá-lo, a levá-lo ao desespero e a se entregar à polícia — quando bastava ficar calado, controlar-se, e ninguém conseguiria provar nada contra ele? Essa dubiedade é mais um efeito desse narrador *isolado*, que recebe o poder de contar a história, privilegiando a sua versão, sem se dar conta de que esse poder é ao mesmo tempo uma maldição.

Escritores do mundo inteiro reutilizaram essa técnica preciosa para *envenenar* seus relatos, tornando seus *narradores-personagens* multidimensionais, enigmáticos, às vezes indecifráveis. Machado de Assis, por exemplo, leitor e tradutor de Poe, empregou o mesmo artifício de composição literária várias vezes, e de modo mais à la Poe em seu conto *A segunda vida*.

Em *O coração delator*, tendemos a ver como óbvio que um personagem enlouquecido não apenas matou sua vítima, mas imaginou que o coração dela, mantendo a pulsação mesmo depois de o dono já morto, mesmo depois de enterrado por baixo das tábuas do assoalho, denunciava a sua presença ali. Mas essa seria uma leitura meramente *linear* de uma obra-prima de Poe. E se quisermos entender que não foi a loucura que produziu a alucinação, mas, sim, que uma experiência sobrenatural, insuportável, além dos limites da razão, o levou à loucura? ...Numa espécie de possessão.

Sobre sua recriação, Pedro Bandeira fala dos aspectos técnicos — artes e ardis de contar histórias — que enfatizou: "um narrador em primeira pessoa, cuja tensão pós-assassinato cresce como uma avalanche e o leva, sem qualquer intervenção externa, a confessar o próprio crime". Ainda nessa atualização de técnicas de Edgar Allan Poe, temos o final surpreendente (o truque usado para o criminoso confessar seu crime), o "desfecho", que Poe valorizava tanto, como uma espécie de recompensa devida ao leitor por toda a tensão que o escritor o fez percorrer — é preciso sempre que o final esteja à altura do desenvolvimento da história, que seja seu *clímax*. Aqui, a loucura do personagem de Poe é refinada, sutil, surge na versão de um amoralismo narcísico que põe a perder o assassino.

Já daí se observa bem por que Poe é um *mestre*, e principalmente *mestre de outros escritores*... Sua obra trouxe para a Literatura marcas e recursos que ainda hoje são ciosamente prezados tanto por quem quer ler para poder se entregar a uma boa história como por quem se dedica a reinventá-los.

O POÇO

ROSANA RIOS

Recriando
O poço e o pêndulo

ÍCONE DOS piores pesadelos que um mortal pode ter, miraculosamente materializado por Poe, *O poço e o pêndulo* é sempre mencionado como uma referência tanto da literatura fantástica quanto do terror psicológico — que em Poe não é tão psicológico assim. Para quem está acostumado a ver o mestre como um autor que explora as possibilidades do sobrenatural, aqui está um conto que trabalha também os sentidos humanos como fetiches do horror bastante concretos.

O conto foi publicado originalmente em 1842, com o título *The Pit and The Pendulum*, numa revista de Nova York (*The Gift: A Christmas and New Year's Present*), em edição destinada a servir de presente de final de ano.

Sobre sua recriação, Rosana Rios comenta:

Li Edgar Alan Poe pela primeira vez na adolescência. E o conto que mais me impressionou em suas coletâneas de horror e mistério foi *O poço e o pêndulo*. A combinação de medo e asco que esse conto desperta não esconde, a um leitor atento, o assunto de que Poe realmente estava falando. De fanatismo. De intolerância.

Quando surgiu o convite para participar desta homenagem ao grande escritor americano, que aterrorizou seus leitores muito antes de H. P. Lovecraft ou Stephen King, logo me lembrei daquele poço. E quis também falar do mesmo assunto... Já que ainda hoje existem inquisidores, torturadores e pessoas intolerantes que querem impor sua crença aos outros ou que usam a religião como forma de obter poder.

Um conto de terror? Ficção? Sim. Mas não custa lembrar que a intolerância existe na *vida real*, e que ela não desaparecerá como desaparece a ficção, quando você fecha as páginas deste livro...

O poço

Rosana Rios

Há um mínimo de dignidade
que o homem não pode negociar,
nem mesmo em troca da liberdade.
Nem mesmo em troca do sol.

Dias Gomes, *O santo inquérito*

O PENSAMENTO SURGIU de repente, boiando feito um náufrago teimoso que insiste em permanecer vivo em meio a uma catástrofe inelutável, inexprimível.

"Como vim parar aqui?!"

Era difícil manter a lucidez naquele lugar. Raciocinar. Alan perdera a noção do tempo que havia se passado desde que entrara naquela maldita rede subterrânea até a hora em que teve consciência de si. Podia estar lá havia algumas horas... ou alguns dias. Tinham-lhe ministrado alguma droga na água, certamente, pois era difícil colocar ordem nos pensamentos, relembrar tudo. Aos poucos, porém, o efeito da possível droga ia passando e sua capacidade de raciocínio voltava.

Azar o dele, pois, quando começou a recordar a crueldade daquela gente, a impossibilidade de escapar se tornou dolorosamente óbvia.

Ia morrer ali, e não havia nada que pudesse fazer para evitar isso.

Estava com medo de abrir os olhos. Sentia as pálpebras coladas, pesadas, como se tivessem sido costuradas — feito certas imagens em filmes de terror aos quais assistira. Respirou fundo, piscou de leve, suspirou. E sentiu um breve alívio ao perceber que boca, olhos e nariz estavam desimpedidos. Os ouvidos também pareciam livres, já que um rumor muito distante os atingia. Mas ele não podia agora interpretar os sons: precisava de todos os sentidos e de muita coragem para abrir os olhos e encarar o que o esperava.

A princípio, nada viu. A escuridão o cercava e os olhos embaçados não podiam ser esfregados, pois suas mãos estavam presas — e, ao movê-las, uma intensa falta de ar o atingia: tinha de se manter imóvel. Aos poucos, porém, Alan percebeu que havia uma tênue claridade atrás de si. Deixou que os olhos se acostumassem e foi distinguindo aos poucos o chão escuro e as paredes ao seu redor, muito próximas. Paredes de pedra, com pontos que às vezes brilhavam. O olfato, também retornando, revelou bolor, umidade, podridão. O que brilhava nas paredes provavelmente eram fios de água escorrendo. Isso explicava ainda o rumorejar incessante e suave.

Água. Escorrendo. Podre.

Túmulo.

Aquele lugar era um túmulo, se tornaria seu túmulo, ele não podia escapar dali. Súbito, lembrou-se das últimas palavras que lhe haviam dito e sentiu uma dor lancinante passar por suas têmporas. A dor ficou lá, por algum tempo, latejando.

"Você deve morrer", a voz dissera.

Relembrou a incredulidade, a dor, a escuridão, a impossibilidade de fugir.

Sim, ia morrer.

Simples assim.

Mas não morreria implorando, chorando, gemendo. Se tinha de morrer, que fosse com alguma dignidade — com a ínfima dignidade que lhe tinham deixado...

Há um mínimo de dignidade que o homem não pode negociar.

Estranhamente, assim que aceitou a ideia da morte inevitável, seu espírito se acalmou e ele conseguiu pensar com mais clareza. Nada muda tanto nossa forma de olhar a vida quanto a proximidade da morte.

Alan fechou os olhos novamente e respirou fundo. Contou até dez. Pediu a Deus forças para dominar o medo — mas, se é que aquilo havia sido uma reza, rezou ao *seu* Deus particular, aquele em que acreditava vagamente, não ao Deus cruel daqueles fanáticos. E, fosse por intervenção divina ou por sugestão, sentiu-se imediatamente fortalecido.

Tornou a abrir os olhos e desta vez conseguiu enxergar mais detalhes do calabouço — o sórdido local em que devia encontrar a morte.

Pelo menos não haviam retirado todas as suas roupas. Continuava apenas descalço e sem camisa, de joelhos, com as mãos fortemente amarradas para trás; uma corda saía do nó que manietava seus pulsos e ia pelas costas até o pescoço. Era por isso que qualquer movimento dos braços esticava o garrote e o impedia de respirar.

Ao olhar para si mesmo foi que ele enxergou o que havia à sua frente. Naquele momento precisou usar todas as reservas de coragem que possuía, pois de súbito lembrou tudo o que acontecera, percebeu tudo o que eles haviam planejado.

Encontrava-se ajoelhado diante de um imenso buraco aberto no meio do recinto. A única entrada daquele porão fedorento, quadrado, claustrofóbico — sem contar o poço à sua frente — era uma abertura no teto, em um dos quatro cantos. De lá vinha a luz baça que agora lhe permitia enxergar parcamente o local. De lá descia uma escadinha de metal enferrujado; podia se lembrar de ter sido jogado do andar de cima para aquele chão, e só não resvalara para o buracão porque eles o mantinham seguro por uma corda.

Depois, os encapuzados, que eram seus guardas, juízes e executores, haviam descido calmamente pelos degraus metálicos, o posicionaram de joelhos diante do poço. Naquela hora, apavorado demais, os ouvidos zunindo — efeito da droga, claro —, ele mal podia ouvir o que diziam. Mas sabia que repetiam a sentença de morte, e que lhe davam uma última oportunidade de aceitar a crença salvadora deles, redimindo-se de seus pecados. Se recusasse, a sentença se cumpriria e ele ficaria preso naquele calabouço até que a sede, a fome, o sono ou a loucura o fizessem arremessar-se no poço. Túmulo adequado para um pecador, infiel, blasfemo como ele.

Mesmo drogado, ele recusara.

Não.

Não ia fazer o jogo deles.

"Você deve morrer", o juiz dissera. De novo.

Foi impossível para Alan não se lembrar do personagem de um dos contos de Poe, torturado pela Inquisição,[1] à beira de um poço semelhante. Inquisição! Teve vontade de rir, apesar da situação desesperadora. Quem poderia imaginar

---

[1] O "Santo Ofício", ou a Inquisição, foi uma instituição criada pela Igreja, na Idade Média, para julgar e punir quem praticasse outras religiões e quem defendesse ideias contrárias aos princípios da Igreja e da doutrina determinada pelo Vaticano

que inquisidores ainda viviam, impunes e impávidos, em pleno século XXI?

E eles viviam. Prosperavam. Sorridentes, tranquilos, seguros em seus templos supostamente ecumênicos, vociferando contra sexo, drogas e rock'n'roll. Hipócritas...

Com cuidado, esticou o pescoço o máximo que a corda lhe permitia e fitou o interior do poço. Nada viu, mas soube que era dali que vinha o cheiro de podridão.

Carniça, excrementos, quem sabe o que havia lá embaixo. Podia-se perceber que o buraco era tremendamente profundo: um vento carregava até ele odores fétidos, e o vago som de água ecoava em algum lugar muito distante.

Com a capacidade de raciocinar agora mais aguda, Alan lembrou as plantas do campus, que vira no departamento de arquitetura em sua primeira visita às instalações da universidade. Havia uma estação de tratamento de esgoto na periferia, com uma complexa rede de riachos canalizados e túneis subterrâneos. Aquele lugar era antigo, não mapeado na planta, mas devia estar ligado a algumas das tais passagens. Era o local ideal para se dispor de um corpo. Nunca seria encontrado, se caísse nos meandros do sistema de esgotos — os intestinos da cidade, as entranhas fedorentas de um monstro.

Riu novamente. Desta vez lembrara a descrição dos esgotos de Paris, por onde fugira Jean Valjean, o personagem de *Os miseráveis*, de Victor Hugo.[2] Estava prestes a morrer e não parava de repassar alusões literárias na cabeça raspada...

---

[2] Victor Hugo (1802-1885) foi um ensaísta e romancista francês. Um dos principais nomes do romantismo mundial, seu *Os miseráveis*, um clássico da Literatura, foi também um marco na condenação das injustiças sociais e na defesa dos movimentos revolucionários que tentavam modernizar a França no século XIX. Jean Valjean é o protagonista da história.

De súbito, Alan ficou sério.

A lembrança da humilhação e de tudo o que se seguira doeu em suas têmporas e trouxe de volta a indignação. Então era assim que tudo terminava?

Não.

Não podia morrer. Não podia permitir que o transformassem em vítima da intolerância, do fanatismo. De alguma forma, precisava sair dali e buscar ajuda — não apenas para si, mas para todos os inocentes que ainda seriam vítimas daquela corja. Sabia que encontraria aliados: estabelecera contatos quando começara a desconfiar da situação. Falara com Laslo, com Iriana, com Eunice, disparara um processo que seguiria indubitável curso. Fora isso que os deixara mais furiosos: saber que ele resistiria, que não se renderia às suas ameaças, que denunciaria sua organização... Não fosse aquilo, eles provavelmente se limitariam a surrá-lo e talvez chantageá-lo para se manter calado.

Não iam, contudo, tolerar rebeldia. Iniciativa.

"Você deve morrer."

Não!

Desta vez Alan repeliu a ideia da morte. Tentou arrastar-se para trás, para longe do poço sem fundo que, esperavam, se transformaria em seu túmulo. Sabia que não podia ficar em pé, pois o garrote que lhe imobilizava os braços também lhe prendia os pés: se tentasse erguer o corpo, a corda o estrangularia.

Conseguiu recuar alguns centímetros e sentiu-se encostar numa das paredes. O cubículo era menor do que imaginava, e a semiescuridão não ajudava a calcular claramente as dimensões daquele buraco.

O esforço fez retornar a dor na cabeça, no peito, a falta de ar, o desespero.

Ele fechou mais uma vez os olhos e tentou acalmar as batidas alucinadas do coração. Que outros horrores haviam planejado para ele? Haveria também uma lâmina cortante descendo sobre si, pronta a dilacerar sua carne, como no conto clássico? Ou seus executores apenas esperariam que ele se jogasse no poço para morrer mais depressa? Tudo era possível, com tais malucos. E provavelmente estariam vigiando todos os seus movimentos. Podia apostar que aquele lugar tinha câmeras de vídeo embutidas; "eles" assistiriam alegremente às suas patéticas tentativas de fugir. Lançariam apostas sobre o que ele faria na ânsia causada pela sede e pela fome. Aplaudiriam quando afinal enlouquecesse e se jogasse no buracão...

Ah, a literatura! Mais um dos livros que Alan lera reapareceu em sua memória: *O santo inquérito*, drama sobre as engenhosas torturas e suplícios inventados pela Inquisição. *Há um mínimo de dignidade que o homem não pode negociar.*

Dignidade. Preso, seminu, humilhado e transformado em espetáculo, astro de um reality show macabro, ele *resolveu* que não iria servir de diversão àqueles crápulas. Aprumou o corpo e começou a respirar pausadamente. O processo seguiria seu curso. E a ele restava apenas fazer o que seus juízes, algozes e executores não esperavam.

Tinha de resistir.

Contra todas as expectativas, tinha de permanecer são. E vivo.

Conhecia a fama da universidade, é claro. Todo mundo conhecia. Era uma das instituições de ensino superior mais respeitadas do país. Obtinha as melhores avaliações, e volta e meia seus mestres e doutores recebiam honrarias no exterior.

Por isso, quando a carta oferecendo a bolsa de estudos chegara, ele mal pôde se conter de alegria. A primeira vez que visitara o campus, o que mais o impressionou foram as instalações: tudo parecia de última geração, as dezenas de computadores em cada sala de aula, os laboratórios. O departamento de Física e de Ciências Moleculares lembrava cenários de filmes de ficção científica. Os prédios da Biomedicina ostentavam um complexo hospitalar impecável — eles davam assistência médica à população do município remoto que abrigava a universidade. A área de pós-graduação exibia em seus quadros nomes ilustres de professores estrangeiros convidados.

"Bom demais para ser verdade", ele pensara, na ocasião.

Esse pensamento, porém, não o impediu de aceitar com entusiasmo a bolsa de estudos. Jamais teria condições financeiras de encarar uma universidade daquelas. A família foi solidária, mesmo que estudar lá implicasse ir morar naquele interior do interior... Apenas um amigo, Laslo, lhe dissera, com ar de dúvida:

— Ouvi falar que nem tudo por lá é como parece. E dizem que o trote é violento.

Alan não se preocupara com isso. Apesar das proibições do governo, trotes continuavam ocorrendo em quase todas as faculdades do país, em geral consistindo de pinturas no corpo, corte de cabelo e brincadeiras um tanto humilhantes mas inofensivas.

— Bobagem — ele respondera a Laslo —, o trote é só um rito de passagem. Faz parte da aceitação de membros novos em cada sociedade.

Ele só recordou as palavras do amigo meses depois do início das aulas. Andara tão ocupado em se instalar no dormitório (era igual ao das universidades americanas), acompanhar as matérias, obter os livros (todos vendidos com descontos enormes nas livrarias do campus), que não deu atenção ao fato de que não houvera trote algum. Na segunda semana de aula, todos os alunos novos haviam sido convocados a participar do culto semanal no Templo Ecumênico, que ficava bem no centro do campus. Só isso.

Bem que ele julgara aquele culto estranho. Mas religião era uma coisa que jamais o atraíra. Tinha 19 anos, talento para os estudos, e conseguira bolsa para uma das melhores universidades do país! Sem nenhuma culpa ou preocupação, compareceu e admirou a arquitetura do Templo. Era imenso, moderno, arrojado. O altar principal continha apenas uma janela aberta para o céu de inverno, e diante dele havia dezenas — não, centenas — de genuflexórios a ocupar a nave central.

"Estranho, não há bancos", refletira; e fora conferir os pequenos altares que circundavam a nave. Havia dúzias deles, cada um dedicado a uma religião diferente. Um católico, com a cruz e a imagem do Salvador crucificado; outro judaico, com a Torá, a arca e um menorá. Encontrou mais um ortodoxo com ícones russos, um muçulmano contendo um exemplar do Alcorão, vários ostentando orixás africanos, inúmeros com estátuas de Buda e outros com divindades hindus. Viu até um dedicado aos praticantes do paganismo, com o pentagrama inscrito num círculo, um cálice e um athame.[3] Era como se toda religião fosse aceita ali — e o nome de Templo Ecumênico fazia sentido.

Ele observou discretamente enquanto um número imenso de estudantes entrava e se ajoelhava diante do altar principal. Notou que vários deles tinham a cabeça raspada

---

[3] Punhal usado em cerimoniais esotéricos.

— inclusive mulheres —, mas a ideia do trote, que começava a voltar, se dissipou quando um celebrante que apareceu lá na frente começou a pronunciar uma espécie de prece sussurrada. A multidão baixou as cabeças de súbito, parecendo acompanhar aquilo em silêncio. Alan não conseguiu entender o que o sujeito dizia, mas nem deu atenção a isso: parou diante do altar que mais o lembrava da religião de seus pais e agradeceu mentalmente ao Deus em que acreditava por ter obtido a bolsa de estudos.

Após a divulgação das primeiras avaliações, Alan estava radiante, pois se saíra melhor do que esperava. Foi então que encontrou em seu escaninho a carta, com o timbre da diretoria, pedindo que se apresentasse no Templo dali a uma semana, à meia-noite. E que não comentasse com ninguém o recebimento daquela convocação.

As palavras de Laslo retornaram à sua mente, assim como a visão dos estudantes carecas. *"Dizem que o trote é violento."* Seria aquela a hora, então? Ah. Que fosse, que cortassem seus cabelos, que fizessem brincadeiras idiotas, e daí? Estar naquele campus significava um diploma de prestígio, um belo futuro, e nada mais importava.

Poucos dias depois encontrou Iriana, a única aluna que viera do mesmo colégio que ele, encolhida num banco do jardim. Ele sempre se sentira atraído por ela... mas agora havia algo estranho em seu aspecto. Além das profundas olheiras sob os olhos, ela usava uma bandana apertada na cabeça: seus cabelos tinham sido cortados. Convidou-a para almoçar, como às vezes fazia, mas em vez de aceitar ela apenas respondeu:

— Não posso, preciso ir ao culto. É obrigatório para membros da Congregação.

Alan estranhou a resposta, pois Iriana não era lá muito religiosa. Não conseguiu tirar muitas informações dela, contudo. Descobriu apenas que havia sido chamada por uma carta semelhante à dele uma semana antes, e que resolvera converter-se à religião dos que tinham construído o Templo. Segundo ela, as regras da Congregação eram rígidas e as práticas, severas, mas tudo valia a pena. Quando ele comentou que aquilo cheirava a coação e que ela não deveria se deixar intimidar, a garota disse, num sorriso:

— Nada disso, Alan. Agora, além de salvar minha alma, posso conviver com pessoas influentes da universidade. Vou manter a bolsa, ganhar pontos para uma carreira futura. E estou atrasada, preciso mesmo ir.

Na véspera de se completar uma semana do recebimento da tal carta, ele estava na biblioteca e entreouviu uma conversa atrás da estante mais próxima. Era a voz de uma de suas professoras, Eunice, justamente aquela com quem ele mais simpatizava.

— Se a situação é essa — dizia uma voz masculina que Alan não identificou —, por que você não se demite? Vá embora.

— Não posso — Eunice sussurrou, amedrontada. — Não quero abandonar os alunos. E *eles* me fizeram assinar um contrato até o final do ano. Se sair antes, não só perco os pagamentos, como posso arruinar meu nome na área acadêmica.

— Mas se *eles* estão usando as bolsas para impor sua religião aos alunos, podemos ir a público. Denunciar à imprensa. Existe liberdade de culto neste país!

— Não temos provas, Cláudio. Nenhum aluno ou professor iria depor contra *eles* na Justiça. Além disso, teríamos de recorrer ao Fórum da comarca. E você sabe quem é o juiz titular desta comarca? Nosso pró-reitor...

Um grupo de alunos entrou na biblioteca nesse momento, e Alan não conseguiu ouvir mais nada. Aquilo, porém, o deixou mais preocupado do que já estava. Agora sabia quem era o interlocutor de Eunice: Cláudio, um dos professores visitantes da faculdade de Jornalismo. Laslo o conhecia. Era colaborador de vários jornais na capital.

No dia seguinte, bem cedo, antes das aulas, ele foi ao cybercafé onde havia computadores à disposição dos alunos. Queria mandar uma mensagem a Laslo contando-lhe o que ouvira. Sabia que o amigo navegava na internet toda manhã, antes de ir para a faculdade. Com medo de ser espionado, decidiu usar um código que ele e o amigo haviam desenvolvido há anos — na época fora usado apenas para trocar informações sobre garotas, porém agora serviria para manter uma conversa secreta.

Compôs a mensagem com cuidado, falando na convocação que recebera — era para aquela noite! —, no estado em que Iriana se encontrava e na conversa entreouvida. Com o código, pareceria que os dois estavam falando de futebol, times e campeonatos.

Esperou um pouco e logo veio a resposta do amigo. Demorou a traduzi-la, mas ao terminar estava mais alarmado que antes. Laslo dissera:

"Pode ser coincidência, mas esta semana um dos meus professores perguntou se algum de nós tinha amigos ou parentes estudando na sua universidade. Contou sobre denúncias de que coisas estranhas acontecem aí. Vou falar com ele ainda hoje. E você, tome cuidado. Se esta noite for ao tal Templo, me contate amanhã a esta mesma hora pra dizer se está tudo bem. Caso não se comunique, vou imaginar que não está..."

Alan respondeu confirmando a hora marcada. Mas começava a achar que ele e Laslo tinham visto filmes de espionagem demais, e andavam um tanto paranoicos...

Quando as aulas terminaram naquela tarde, viu a professora Eunice na saída do prédio da faculdade e a abordou. Falando baixinho, contou sobre a carta que recebera, sobre as mudanças em Iriana, sobre as observações de Laslo. Encerrou dizendo:

— Pode ser que seja paranoia, mas estou com medo. O que eu devo fazer?

Eunice sorriu, disfarçadamente, e respondeu entre os dentes:

— Aja normalmente. Vá ao Templo. E não pense que é paranoia. Tem muita coisa errada acontecendo por aqui, mas também tem muita gente investigando. Fique tranquilo, amanhã conversaremos sobre isso em algum lugar discreto. Amanhã.

Amanhã! Não haveria amanhã para Alan e agora ele sabia disso, ajoelhado nas sombras, esforçando-se por manter o corpo ereto e evitar a atração sinistra que o poço, ali na frente, exercia sobre ele.

"Você deve morrer."

Por que não? Por que não acabar de uma vez com a dor que sentia no corpo inteiro, com todas as lembranças humilhantes, com o desespero de quem jogara no lixo qualquer possibilidade de uma carreira acadêmica, de sucesso profissional?

"Eu devo morrer", concluiu, soltando os dedos da imaginação das bordas da sanidade, oscilando feito um pêndulo imaginário entre o instinto de sobrevivência e a desesperança. O fedor do poço o chamava, com a promessa de finalizar a dor. Pois, nos momentos em que a dor é demasiado forte, nada mais existe, nenhuma preocupação permanece: apenas a necessidade total, imperiosa, de fazer cessá-la.

A imagem de si mesmo arrastando-se de joelhos até as margens do poço e se lançando lá dentro, deixando a gravidade fazer o seu trabalho, sem ter de pensar em mais nada, sentir mais nada... Era irresistível.

Foi apenas a lembrança do sorriso fraco de Iriana que o deteve.

Não. Apesar da dor lancinante que agora lhe tomava os braços e as pernas, ele precisava ficar firme. Sobreviver. A ajuda viria. De alguma forma, ele seria libertado.

Há um mínimo de dignidade...

O trote fora tudo o que ele esperava, e mais. Outros três rapazes e duas garotas tinham sido convocados ao Templo naquela noite: os seis foram vendados e conduzidos, por elementos de capuzes roxos na cabeça, a uma escadaria oculta atrás do altar. Desceram degraus que não terminavam nunca até pararem numa câmara subterrânea. As vendas foram retiradas, e Alan viu que a câmara era imensa, fracamente iluminada, e que estava repleta de gente. Ele e os outros calouros estavam na entrada do que poderia ser um estádio de futebol, se estádios fossem escavados em pedra e os torcedores usassem capuzes roxos.

Uma voz monótona lhes ordenou que tirassem os sapatos e as camisas. Nus da cintura para cima — mesmo as garotas —, os seis seguiram em meio a uma espécie de corredor polonês, suportando tapas, beliscões, golpes dolorosos de todos os lados, até chegarem ao centro da câmara, de onde foram levados para cima de um tablado.

Ali, um por um, tiveram as mãos atadas nas costas e os cabelos cortados e raspados. Um dos rapazes protestou e uma das garotas chorava, mas os demais suportaram o trote em silêncio, inclusive Alan. Então a multidão aplaudiu e uma moça de capuz branco trouxe um copo de água para cada um deles, ajudando-os a beber. Um por um, começaram a ser desamarrados e levados dali, sob aplausos, após receberem de volta as roupas e sapatos.

"Terminou o ritual", o rapaz pensou, quando só sobravam no tablado ele e uma das garotas. O silêncio que se fez, porém, o desmentiu. Não, aquilo não havia terminado, e para ele e a colega que restara algo mais estava reservado.

Um homem mais velho, a julgar pela voz e pelo andar, aproximou-se, ladeado por um grupo de encapuzados mais sinistros, estes usando capuzes brancos.

Alan lembrou os fanáticos da Ku Klux Klan, e foi naquele momento que soube que não sairia dali tão cedo. Ele e a garota foram postados diante do líder, que falou com a mesma voz monótona que haviam ouvido antes:

— Vocês estão aqui porque mereceram o privilégio. Foram observados e avaliados antes de receberem o convite. Sua inteligência os coloca acima da média, e por isso merecem fazer parte da Congregação do Templo. Os membros fiéis obtêm todas as vantagens de uma educação superior, moradia privilegiada no campus, bolsa integral até o pós-doutorado, estágios no exterior. E para isso... basta aceitar a conversão.

O homem se aproximou mais e falou num sussurro, apenas para eles:

— As outras religiões falharam. O mundo é um antro de impureza e iniquidade. O sexo é promíscuo e as drogas correm impunemente, a fé é motivo de escárnio e o populacho inculto aceita tudo o que lhe é imposto, inclusive teorias blasfemas e ateístas. A democracia é um engodo, a ciência nega a divindade e a liberdade é uma armadilha! A única salvação está no retorno ao temor de Deus, à penitência e à castidade. Salvem suas almas! Os fundamentos da Congregação do Templo são simples: aceitem os Dez Mandamentos e submetam-se à autoridade de nossos sacerdotes. Se se converterem à religião verdadeira, receberão a recompensa!

Voltaram-lhe à mente as palavras de Eunice: *Você sabe quem é o juiz titular desta comarca? Nosso pró-reitor...* Devia ser ele. E Alan nunca soube de onde tirou a coragem que teve, de erguer os olhos para o sujeito e perguntar:

— E se... um de nós não quiser... fazer a conversão? Se eu preferir continuar acreditando na religião que meus pais me ensinaram?

A voz monótona soou mais baixa ainda, grave e solene:

— A escolha é sua. Pode continuar mergulhado na mediocridade, se preferir. Mas com a sua inteligência, sei que não vai escolher voltar à obscuridade e à pobreza.

A garota ao lado soltou um gemido quase histérico.

— Eu aceito! Eu quero me converter! Eu acredito em vocês!

Com um evidente sorriso por baixo do capuz branco, o líder colocou as mãos sobre os ombros da moça, que tremia dos pés descalços à cabeça raspada.

— Seja bem-vinda à Congregação, minha filha. Podem levá-la para ser orientada.

Dois dos guardas retiraram a moça do tablado, e então todos os olhos se voltaram para Alan. O sujeito abaixou a cabeça e falou, desta vez em seu ouvido:

— Não pense que nós não sabemos o que você andou fazendo. Tentou afastar de nós uma irmã recém-convertida. Andou conspirando com professores infiéis e falou deste encontro secreto para pessoas lá de fora. Nós sabemos... e podemos puni-lo, sabe.

A audácia surgiu de novo no espírito de Alan, que retrucou:

— Não, vocês não podem me punir por isso. A Constituição garante a liberdade de crença. E eu não serei intimidado por vocês! Vou à imprensa. Vou à polícia...

Ouviu as risadas abafadas do grupo de capuzes brancos que, agora, formava um círculo fechado em torno dele. A um gesto do líder, um deles saiu do círculo e avisou à multidão que o ritual terminara e ordenou que todos se retirassem em ordem.

E foi ao som dos milhares de passos ecoando na câmara, enquanto o povaréu de capuzes roxos saía, que ele ouviu o que não podia acreditar ser verdade:

— Nosso convidado não aceita a honra que lhe damos — declarou o sujeito, sua voz agora soando como a de um juiz implacável. — Não aprecia a conversão à Congregação do Templo. Recebe com ingratidão a salvação de sua alma, a bolsa de estudos, a moradia e a possibilidade de sucesso que lhe oferecemos. Pior, teve a audácia de conspirar contra nós na última semana, e agora ousa nos ameaçar. O que me dizem?

Um a um, os encapuzados foram opinando.

— Que seja punido. A dor o fará mudar de ideia.

— Não acredito que se converta. É um desses idealistas tolos.

— E pode chamar uma atenção indesejável para nós.

— Concordo. Acabemos com ele e pronto...

Após ouvir todos os presentes, o homem de voz monótona decretou:

— Os sacerdotes acreditam que sua sobrevivência fora da Congregação nos ameaçaria. É um pecador, infiel, blasfemo. Portanto, não pode sobreviver: nós o condenamos à morte. Como juiz do Templo e sumo sacerdote da Congregação, porém, é meu dever dar-lhe o benefício da dúvida.

Volte atrás. Até hoje você viveu no pecado, e agora tem a oportunidade de se redimir. Aceite nossa autoridade. Deixe de lado suas crenças. Converta-se e se penitencie: nós o deixaremos ir livremente e voltar aos estudos.

Claro, ele podia fingir. Podia jurar o que quer que eles desejassem, até se ver livre dali. Podia mesmo implorar por sua vida... Mas não conseguiu. A voz não saía, a língua parecia presa em sua boca, o coração batia desordenado e os ouvidos zuniam... Uma lembrança lhe acudiu: a água! Havia alguma droga naquela água. A raiva explodiu nele, atravessou o embotamento causado pela droga, e ele gritou:

— Não! Vocês não passam de um bando de fanáticos!

Seu grito ecoou na imensa câmara, agora vazia a não ser pelo reduzido grupo que o cercava. Eles se afastaram dele, como se temessem contaminar-se ao contato com um verme nojento. E o líder, com sua voz de juiz inquisidor, decretou:

— Nesse caso, nossa justiça se cumprirá. Você deve morrer.

E sobre ele vieram a incredulidade, a dor, a escuridão, a impossibilidade de escapar. A catástrofe inelutável, a morte inevitável.

No poço.

A dor agora estava insuportável; ao ardor dos joelhos em carne viva, às contrações do estômago vazio e às câimbras dos membros manietados, juntava-se uma sede extrema. Há quanto tempo estaria lá? Pela angústia da fome e da sede, havia bem mais de doze horas, talvez vinte e quatro. Se sua garganta não estivesse completamente seca, Alan teria gritado aos inquisidores que voltassem, que o soltassem, que lhe dessem água; teria se humilhado, prometido qualquer coisa, conversão, penitências. Sua voz, porém, saiu como um gemido rouco, um grasnido como o de um pato agonizante.

A imagem do pato agonizante desencadeou nele uma tremenda vontade de rir. Seu corpo, encolhido entre a parede de pedra áspera e a borda do poço fedorento, estremeceu em risadas histéricas.

"Estou enlouquecendo", pensou, rindo mais ainda. "Estou preso dentro de um conto de Poe, nas garras da Inquisição, sonhando com patos que agonizam!"

Riu até seu corpo cair para a frente, o garrote no pescoço quase fazendo-o sufocar, agulhas de dor perpassando todo o seu corpo e o cheiro podre do poço à sua frente cada vez menos repugnante, cada vez mais convidativo.

"Você deve morrer."

Sim, a morte seria bem-vinda.

Porém...

Era o som de passos distantes, aquilo que agora feria seus ouvidos? Era um clamor de vozes, aquele murmúrio que de repente o atingia? Talvez fossem as risadas dos encapuzados, divertindo-se à sua custa, observando-o pelas câmeras de vídeo a enlouquecer gradativamente entre a fome, a sede, a dor e a tentação do suicídio.

Quem sabe?

Talvez Laslo houvesse contatado as autoridades quando ele não retornara a mensagem na hora marcada, talvez os colegas tivessem dado por seu desaparecimento quando não comparecera às aulas da manhã, talvez Eunice tivesse falado com Iriana e descoberto a entrada para as câmaras subterrâneas. Talvez Cláudio tivesse convocado a imprensa...

Ou talvez seu destino fosse mesmo morrer ali, num mergulho fatal naquele poço. Descansar, livrar-se da dor, morrer com dignidade.

Dignidade.

Ergueu o corpo. Acalmou a respiração e tentou não deixar a sede louca e a dor incessante engolfarem o que lhe restava de sanidade: tinha de resistir, ainda e sempre, contra todas as expectativas. Fechou os olhos e imaginou o rosto de Iriana, sorrindo para ele. De alguma forma o sorriso dela em sua imaginação era mais real do que tudo aquilo, do que a dor, a desesperança, as ameaças dos fanáticos e a morte iminente.

O sorriso dela era vida, era sol.

E foi o rosto dela que ele viu, foi a voz dela que ouviu, quando os policiais desceram pela escadinha metálica e iluminaram o calabouço. Foi ela que abraçou seu corpo sujo e ensanguentado e não o largou até Laslo aparecer com os paramédicos e a professora Eunice prometer que a garota poderia acompanhá-lo ao hospital. Lá fora, foi a mão dela que ele segurou enquanto o transportavam para a ambulância, e ele percebeu o olhar de ódio do pró-reitor para si, enquanto o mandante criminoso era conduzido, algemado, para um camburão ali perto.

O calor do sol fez arder sua cabeça raspada, e a única coisa em que ele pôde pensar claramente, antes de adormecer por conta dos sedativos, embalado pela voz suave de Iriana, foi que naquela hora ele não aparentava lá muita dignidade, seminu e cheio de tubos, deitado naquela maca, mas pelo menos o sol ainda lhe pertencia.

O POÇO E O PÊNDULO

EDGAR ALLAN POE

TRADUÇÃO DE ROSANA RIOS

Impia tortorum longas hic turba furores
Sanguinis innocui, non satiata, aluit.
Sospite nunc patria, fracto nunc funeris antro,
Mors ubi dira fuit vita salusque patent.[4]

Quadra composta para figurar nos portões de um mercado a ser
construído no local onde se situava o Clube dos Jacobinos, em Paris.

EU ESTAVA esgotado, quase a ponto de morrer, após aquela longa agonia; e quando eles finalmente me desamarraram e me permitiram sentar, percebi que meus sentidos se esvaíam. A sentença, a pavorosa sentença de morte, foi a última coisa distintamente pronunciada que alcançou meus ouvidos.

Depois daquilo, o som das vozes inquisitoriais parecia misturar-se a um zunido indefinido, impreciso. Aquilo me transmitia à alma a ideia de algo girando, talvez por uma associação fantasiosa ao ruído que faria uma roda de moinho.

---

[4] "Neste lugar o furor da turba ímpia, / não saciada, alimentou-se de sangue inocente. / Agora já salva a pátria, agora desfeito o antro funéreo, / onde foi cruel a morte aparecem a cura e a vida."

Isso durou apenas um breve período, já que logo depois eu nada mais ouvia.

Por algum tempo, porém, eu via — embora com tremendo exagero! — os lábios dos juízes de vestes negras. Apareciam para mim brancos, mais brancos que as folhas de papel sobre as quais traço estas palavras, e tão magros que chegavam a ser grotescos. Magros pela intensidade com que expressavam sua firmeza, sua resolução impassível, seu rigoroso desprezo pelo sofrimento humano. Eu via as sentenças que selavam meu destino ainda sendo formadas por aqueles lábios. Enxergava-os retorcendo-se ao emitir a frase mortal. Vi que pronunciavam as sílabas do meu nome, e estremeci, porque nenhum som se seguiu. Vi ainda, durante alguns momentos de terror delirante, o balançar suave e quase imperceptível das cortinas sombrias que envolviam as paredes do recinto; e então minha visão desceu até as sete altas velas sobre a mesa.

A princípio elas se revestiam de um semblante caridoso, como se fossem anjos brancos e magros que me salvariam. Porém, de súbito, uma enorme e mortal náusea tomou meu espírito e senti vibrar cada fibra de meu ser, como se houvesse tocado o fio de uma bateria elétrica, enquanto as formas angelicais se tornavam espectros inexpressivos, com cabeças em chamas, e vi que deles não viria ajuda alguma. Então, como uma harmoniosa nota musical, intrometeu-se em minhas fantasias o pensamento de quão doce deveria ser o descanso no túmulo. Tal pensamento veio suave e clandestino, e pareceu-me que longo tempo se passou até que fosse devidamente apreciado. Mas, assim que meu espírito afinal o sentia e avaliava de maneira apropriada, as figuras dos juízes desapareceram da minha frente, como por mágica; as altas velas mergulharam no nada; suas chamas se apagaram completamente; sucedeu-se o negror da escuridão. Todas as sensações me pareceram ser engolidas numa descida louca e vertiginosa, como a da alma a decair ao Hades. Então o silêncio, a tranquilidade e a noite eram o universo.

Eu havia desmaiado; mesmo assim, não diria que perdera de todo a consciência. Não tentarei definir, nem descrever, o que dela restava; contudo, não estava toda perdida. No abismo do sono — não! No delírio — não! Num desmaio — não! Na morte — não! Mesmo no túmulo não se perde tudo, senão para o homem não haveria imortalidade. Ao deixarmos o mais profundo dos sonos, rompemos a finíssima teia de algum sonho. E um segundo depois (por mais frágil que tenha sido essa teia) nada recordamos do que sonhamos. Ao voltarmos à vida após um desmaio, há dois estágios: primeiro, o das sensações mentais ou espirituais; segundo, o das sensações da existência física. Parece provável que, se pudéssemos evocar as impressões do primeiro estágio, ao alcançarmos o segundo, devêssemos encontrá-las nas expressivas recordações do abismo atravessado. E esse abismo, o que é? Como, no mínimo, distinguiríamos suas sombras das sombras do túmulo?

Porém, se as impressões do que eu chamei "primeiro estágio" não são relembradas quando desejamos — por acaso elas não vêm sem serem convocadas, depois de longos intervalos, maravilhando-nos por não sabermos de onde vieram?

Aquele que jamais desmaiou não encontra nos carvões em brasa estranhos palácios e rostos loucamente familiares; não vislumbra, flutuando no ar, as tristes visões que a maioria não pode ver; não se detém sobre o perfume de alguma nova flor; não tem o cérebro enlouquecido com o significado de uma cadência musical que antes não lhe prendera a atenção.

No meio das tentativas frequentes e dedicadas de recordar, entre os esforços intensos de recolher qualquer sinal daquele estado semelhante ao nada em que minha alma havia caído, houve momentos em que eu sonhei com o sucesso. Houve períodos breves, muito breves, em que evoquei lembranças — lembranças que a razão mais lúcida de momentos posteriores me assegura terem sido referentes àquela condição de inconsciência aparente.

Essas sombras da memória me falam, indistintamente, de figuras altas que me erguiam e carregavam em silêncio para baixo — para baixo —, sempre para baixo — até que uma tontura pavorosa me oprimiu diante da ideia de uma descida sem fim. Elas me falam ainda de um vago horror em meu coração, por conta da parada anormal desse mesmo coração. Então surge uma sensação de imobilidade súbita que atinge todas as coisas: como se aqueles que me carregavam (um cortejo fantasmagórico!) tivessem ultrapassado, em sua descida, os limites do impossível e agora parassem, devido à extrema fadiga causada por sua labuta. Depois disso vêm à minha mente estagnação e umidade; e então tudo é *loucura* — a loucura de uma recordação que se ocupa com coisas proibidas.

Muito de repente, o movimento e o som retornaram à minha alma — o movimento tumultuado do coração, e em meus ouvidos o som de sua batida. Então uma pausa, na qual tudo é um branco; depois outra vez som, e movimento, e toque, e uma sensação de formigamento me percorrendo. Depois a mera consciência da existência sem raciocínio, uma condição que durou bastante. E, de súbito, o *pensamento*, estremecimentos de terror e a tentativa intensa de compreender meu verdadeiro estado. Em seguida, um forte desejo de mergulhar na insensibilidade. Então um súbito despertar da alma e um esforço bem-sucedido de me mover. E veio a recordação completa do julgamento, dos juízes, das cortinas negras, da sentença, da doença, do desmaio. Depois, o total esquecimento de tudo o que se seguiu, de tudo que a passagem de um dia e muito esforço me permitiram vagamente recordar.

Até então eu não abrira meus olhos. Sentia que estava deitado sobre as costas, desamarrado. Estendi a mão e ela caiu pesadamente sobre algo úmido e duro. Ali a deixei ficar por vários minutos, enquanto me esforçava para imaginar onde estava e no que me tornara. Desejava, porém não ousava, utilizar a visão. Temia o primeiro olhar aos objetos que me cercavam; não porque receasse olhar para coisas horríveis, mas porque crescia em mim o terror de que não houvesse *nada* para ver.

Aos poucos, com um desespero selvagem no coração, rapidamente abri os olhos. Meus piores pensamentos, então, se confirmaram. O breu da noite eterna me circundava. Fiz força para respirar; a intensidade da escuridão parecia me oprimir e sufocar. A atmosfera era intoleravelmente viciada. Estava ainda deitado em silêncio, e esforcei-me para exercitar o raciocínio. Trouxe de volta à mente os procedimentos inquisitoriais e tentei deduzir minhas reais condições a partir daí.

A sentença fora dada, e me parecia que um longo intervalo de tempo havia transcorrido desde então. Porém, nem por um momento supus que estivesse realmente morto. Tal suposição, não obstante o que lemos na ficção, é totalmente oposta à sensação de existência real; mas onde, e em que estado, eu estaria?

Os condenados à morte, eu sabia, pereciam geralmente nos autos de fé, e um desses se realizara na própria noite de meu julgamento. Teria eu sido mandado de volta à masmorra, para aguardar o próximo sacrifício, que não se realizaria senão dali a meses? Isso, eu logo vi, não podia ser. Havia uma necessidade imediata de vítimas. Além disso, meu calabouço, como todas as celas dos condenados de Toledo, possuía piso de pedra, e a luz não estava completamente excluída.

Uma ideia assustadora de repente fez o meu sangue afluir em torrentes ao coração, e mais uma vez por um breve período eu escorreguei para a insensibilidade. Ao me recuperar, fiquei em pé de um salto, com todos os nervos tremendo convulsamente. Estendi os braços feito um louco, acima e à minha volta, em todas as direções. Nada senti; e mesmo assim tive medo de dar um passo e ser detido pelas paredes de um *túmulo*. Todos os meus poros transbordaram de transpiração, com ondas frias de suor sobre minha testa. A agonia do suspense cresceu de forma intolerável, e cuidadosamente eu me movi para frente, braços estendidos, meus olhos apertados nas órbitas, na esperança de captar um tênue raio de luz. Prossegui por alguns passos, mas tudo ainda era escuridão e vazio. Respirei mais livremente: parecia evidente que o meu destino não era, pelo menos, o mais horrendo.

Então, enquanto eu ainda continuava a dar passos cautelosos à frente, voltaram galopando à minha memória milhares dos vagos boatos sobre os horrores de Toledo. Sobre as masmorras, contavam-se coisas estranhas — eu sempre as considerara fábulas —, estranhas e por demais aterrorizantes para serem repetidas, a não ser num murmúrio. Teria sido deixado para morrer de fome naquele mundo subterrâneo de escuridão? Ou que outro fim, talvez bem mais amedrontador, me esperava?

Que o resultado seria a morte, e uma morte mais cruel que de costume, disso eu não podia duvidar, conhecendo bem demais o caráter dos meus juízes. De que forma e em que momento eu morreria eram as questões que restavam para me ocupar ou distrair.

Minhas mãos estendidas finalmente encontraram um obstáculo sólido. Era uma parede, aparentemente feita de pedras de alvenaria — muito lisa, pegajosa e fria. Eu a acompanhei, pisando com toda a desconfiança cuidadosa que aquelas narrativas antigas haviam inspirado. Esse processo, contudo, não me permitia calcular as dimensões de meu calabouço; pois eu poderia fazer o circuito completo e voltar ao ponto de origem sem me dar conta disso, tão perfeitamente uniforme aparentava ser a parede. Então procurei pela faca que estivera em meu bolso quando fora levado à câmara inquisitorial, mas ela havia sumido; minhas roupas tinham sido trocadas por uma túnica de sarja rústica. Eu pensara em forçar a lâmina em alguma mínima fenda na alvenaria para identificar o ponto de partida. A dificuldade, porém, era apenas trivial, embora parecesse insuperável na desordem de meus pensamentos. Rasguei um pedaço da barra da túnica e estendi a tira inteira no chão, formando um ângulo reto com a parede. Ao apalpar meu caminho em volta da prisão, não poderia deixar de encontrar o trapo assim que completasse o circuito.

Ao menos era isso que eu pensava, mas não tinha contado nem com a extensão da masmorra nem com a minha própria fraqueza. O piso era úmido e escorregadio. Eu cambaleei para frente por algum tempo, até que tropecei e caí. A fadiga excessiva me forçou a permanecer prostrado, e o sono logo me tomou, ali deitado.

Quando despertei e estendi um braço adiante, encontrei perto de mim um pão e uma vasilha com água. Estava por demais exausto para poder refletir sobre esse acontecimento;

apenas comi e bebi com avidez. Pouco depois retomei minha jornada em torno da prisão, e com muito esforço cheguei afinal à tira de sarja.

Até o momento em que caíra havia contado 52 passos, e ao retomar a caminhada havia contado mais 48, até chegar ao trapo. No todo, portanto, havia cem passos; e, calculando 2 passos por metro, supus que a masmorra tivesse cerca de 50 metros de perímetro. Havia encontrado, porém, vários ângulos na parede; dessa forma, não conseguia adivinhar a forma da catacumba — pois não deixava de imaginar que aquilo fosse uma catacumba.

Eu não tinha objetivo algum — e com certeza nenhuma esperança — nessas buscas, mas uma vaga curiosidade me incitava a continuar. Afastando-me da parede, decidi cruzar a área da câmara. Procedi com extrema precaução no começo, pois o piso, apesar de aparentar ser feito de material sólido, era traiçoeiro e escorregadio. Aos poucos, contudo, tomei coragem e não hesitei em pisar com firmeza — procurando atravessar a sala numa linha o mais reta possível. E havia dado 10 ou 12 passos dessa forma, quando o resto da bainha rasgada de minha túnica se enroscou em minhas pernas. Pisei nela e caí violentamente de cara no chão.

Na confusão após minha queda, eu não percebi de imediato uma circunstância um tanto inesperada que capturou minha atenção poucos segundos depois, enquanto ainda jazia ali prostrado. Foi isto: meu queixo encostava-se no piso da prisão, mas meus lábios e a parte superior de minha cabeça, embora parecessem em uma posição menos elevada que o queixo, não encostavam em nada. Ao mesmo tempo, sentia minha testa banhada num vapor pegajoso, e o aroma peculiar de fungos podres me subiu às narinas. Levei o braço à frente e estremeci ao perceber que havia caído bem à beira de um poço circular, cuja extensão naturalmente não poderia ser determinada naquele momento. Tateando pelas pedras logo abaixo da margem do poço, eu consegui deslocar um pequeno fragmento, que deixei cair no abismo.

Por vários segundos fiquei atento às suas reverberações, conforme batia contra os lados do buraco ao descer; afinal houve um mergulho sombrio na água, seguido por ecos ruidosos. Na mesma hora veio um som que lembrava a rápida abertura e o também rápido fechamento de uma porta lá em cima, enquanto um tênue raio de luz atravessou de súbito a escuridão e, tão subitamente quanto surgira, apagou-se.

Vi claramente o destino que me fora preparado e me parabenizei pelo acidente que em boa hora me permitira escapar. Apenas um passo adiante e eu cairia; o mundo não mais me veria — e a morte evitada pertencia àquela mesma categoria que eu havia julgado fabulosa e frívola nas narrativas a respeito da Inquisição. Havia, para as vítimas de sua tirania, a escolha entre a morte acompanhada das mais medonhas agonias físicas ou a morte com as mais terríveis dores morais. Para mim fora reservada a última. Devido ao sofrimento prolongado, meus nervos haviam se afrouxado, até que eu passei a tremer ao som de minha própria voz e me tornei, em todos os aspectos, uma vítima adequada para cada um dos tipos de tortura que me esperavam.

Com todos os meus membros trêmulos, eu me arrastei tateando de volta à parede — conformado em morrer lá, em vez de me arriscar aos horrores dos poços, os quais minha imaginação agora supunha existir em vários locais ao longo da masmorra. Em outras condições mentais, eu poderia mesmo ter tido a coragem de terminar meu sofrimento de uma vez, saltando para dentro de um daqueles abismos;

mas, naquela hora, eu era o mais perfeito covarde. E nem podia esquecer o que lera sobre tais buracos: que o *rápido* extermínio da vida não fazia parte de seus mais horrendos planos.

A agitação do espírito me manteve acordado por muitas e longas horas, mas aos poucos acabei adormecendo de novo. Ao despertar, encontrei a meu lado, como antes, um pão e uma vasilha com água. Uma sede ardente me consumia, e eu esvaziei o recipiente com um gole. A água deve ter sido contaminada, pois eu mal havia bebido e já me tornava irresistivelmente sonolento. Um sono pesado caiu sobre mim — um sono como o da morte. Naturalmente, não sei o quanto durou; mas, quando de novo abri os olhos, os objetos à minha volta eram visíveis. Uma luminosidade amarelada e crua, cuja origem a princípio eu não podia discernir, permitiu que eu visse a extensão e o aspecto da prisão.

Sobre seu tamanho, eu me enganara totalmente. O circuito completo de suas paredes não excedia vinte e poucos metros. Por alguns minutos, esse fato me causou enormes e vãs preocupações; realmente, vãs — o que poderia ter menos importância, nas terríveis circunstâncias que me cercavam, do que as dimensões de minha prisão? Mas minha alma se apegava loucamente a bobagens, e ocupei o espírito esforçando-me em calcular o erro que havia cometido em relação às medidas. Aos poucos, a verdade brilhou sobre mim. Na minha primeira tentativa de exploração, eu havia contado 52 passos até o momento em que caíra; devo ter estado a um ou dois da tira de sarja, provavelmente quase completando o circuito da câmara. Então dormi, e ao acordar devo ter retornado sobre meus passos, calculando assim que o perímetro tivesse o dobro do tamanho real. Minha mente confusa me impedira de observar que iniciara o percurso pela parede à esquerda e a terminara pela parede à direita.

Eu me enganara também a respeito da forma da câmara. Ao tatear o caminho, havia encontrado vários ângulos, e assim formara uma ideia de grande irregularidade, tão potente é o efeito da escuridão total sobre alguém que desperta da letargia ou do sono! Os ângulos não passavam de leves depressões ou nichos em intervalos eventuais. A forma geral da prisão era de um quadrado. O que eu tomara por alvenaria agora me parecia ferro, ou algum outro metal em enormes placas, cujas emendas, ou articulações, formavam as depressões.

A superfície inteira dessa câmara de metal estava rudemente pintada com todas as hediondas e repulsivas concepções que a superstição tumular dos monges havia concebido. Figuras de demônios em atitude ameaçadora, formas de esqueletos e outras imagens ainda mais amedrontadoras espalhavam-se e desfiguravam as paredes. Observei que os contornos dessas coisas monstruosas eram bem distintos, mas que as cores pareciam desfocadas e manchadas, como se sofressem os efeitos da atmosfera úmida. Notei então que o piso também era de pedra. Em seu centro abria-se o poço circular de cujas mandíbulas eu havia escapado; mas era o único na masmorra.

Tudo isso vi indistintamente e com muito esforço, pois minha condição pessoal mudara totalmente durante o sono. Agora eu jazia de costas, bem estendido, numa espécie de armação baixa de madeira. Estava firmemente preso a ela por uma comprida tira que lembrava uma cilha de arrear cavalos. Ela passava sobre meus membros e tronco em várias voltas, deixando livres somente minha cabeça e o braço esquerdo, de tal forma que eu poderia, com enorme esforço, alimentar-me da comida que havia num prato de cerâmica colocado a meu lado, no chão. Vi, horrorizado, que a vasilha de água tinha sido removida. Digo isso porque estava dominado por uma sede intolerável. Tal sede parecia ter sido planejada por meus perseguidores, já que a comida no prato era carne com tempero picante.

Olhando para cima, examinei o teto de minha prisão. Media uns 10, 12 metros de altura, e era construído exatamente como as paredes. Em um de seus painéis, uma figura muito singular atraiu minha atenção. Era um desenho do Tempo, como ele geralmente é representado, exceto que, em vez de uma foice, ele segurava o que à primeira vista supus ser a imagem pintada de um enorme pêndulo, como os que se veem em relógios antigos. Havia algo, contudo, na aparência desse mecanismo que me fez olhá-lo com mais atenção. Enquanto eu o observava diretamente lá no alto (uma vez que se posicionava bem acima de mim), tive a impressão de vê-lo mover-se.

Um instante depois, o que eu imaginara se confirmou. O movimento era breve e, claro, vagaroso. Eu o fitei por alguns minutos, ainda mais surpreso que amedrontado. Afinal, cansado de examinar seu balançar monótono, voltei meus olhos para os outros objetos na cela.

Um leve ruído atraiu minha atenção e, olhando para o piso, vi que vários e enormes ratos o atravessavam. Haviam saído do poço que eu via à minha direita. Mesmo enquanto eu os observava, eles vieram apressadamente e em bando, os olhos famintos, atraídos pelo cheiro da carne. Espantá-los exigiu de mim muito esforço e atenção.

Havia se passado meia hora ou talvez uma hora (eu só conseguia ter uma noção imperfeita da passagem do tempo) até que lancei o olhar para cima outra vez. O que vi me confundiu e espantou: o movimento do pêndulo havia aumentado, em extensão, em quase 1 metro. A consequência natural foi que sua velocidade também aumentara. Mas o que muito me perturbou foi a ideia de que ele havia perceptivelmente *descido*. Eu agora notava, com um horror que é desnecessário descrever, que sua extremidade inferior era formada por um crescente de aço brilhante, com uns 30 centímetros de canto a canto; as pontas, voltadas para cima, e a lâmina abaixo, eram evidentemente tão afiadas quanto as de uma navalha. E, da mesma forma que uma navalha, a lâmina também parecia maciça e pesada, afilando-se da ponta para cima numa estrutura sólida e larga. Estava preso a uma pesada barra de bronze, e tudo aquilo *sibilava* conforme se balançava no ar.

Eu já não podia mais duvidar do destino preparado para mim pela engenhosidade que os monges tinham em torturar. Minha descoberta do poço havia sido percebida pelos agentes inquisitoriais — o *poço*, cujos horrores tinham sido destinados aos recalcitrantes audaciosos como eu, o *poço*, tão típico dos infernos, e que os boatos consideravam como a última fronteira de todos os seus castigos. Eu evitara a queda nesse poço pelo mais simples dos acidentes, e sabia que a surpresa ou o inesperado da tortura consistiam numa parte importante de todo o grotesco que cercava essas masmorras da morte.

Tendo evitado a queda, não fazia parte dos planos demoníacos arremessarem-me no abismo, e — sem alternativa — uma destruição diferente, mais branda, me aguardava. Mais branda! Esbocei um sorriso, em minha agonia, ao pensar em tal uso para o termo.

De que adiantaria contar as longas, longas horas de um horror mais do que mortal, durante as quais eu enumerava as rápidas oscilações do aço? Centímetro a centímetro, linha a linha, descendo de forma a apreciar apenas em intervalos o que pareciam eras — para baixo, sempre para baixo, vinha a lâmina! Passaram-se dias, pode ser que tenham sido muitos dias, até que ela balançasse tão próxima de mim a ponto de abanar-me com seu sopro pungente. O odor do aço afiado invadia minhas narinas. Eu rezei — eu aborreci os céus com minhas preces — para que a descida fosse mais rápida. Fui enlouquecendo freneticamente, e me esforçava em erguer o corpo ao encontro da temível cimitarra. Então de súbito eu caí, calmo, e me via sorrindo ante a morte cintilante, como uma criança olhando uma bobagem qualquer.

Houve outro intervalo de insensibilidade total; foi breve, pois ao voltar à vida não tinha percebido nenhuma descida do pêndulo. Pode, contudo, ter sido um intervalo longo — pois eu sabia que havia demônios que tomavam nota dos meus desmaios, e que poderiam ter detido o balanço à vontade. Ao me recuperar, também, eu me senti — oh, tão inexpressivelmente! — doente e fraco, como se por um longo esgotamento. Mesmo em meio às agonias daquela situação, a natureza humana ansiava por alimento. Com um esforço doloroso, estendi meu braço esquerdo tanto quanto as cordas me permitiam, e me apossei dos ínfimos restos que os ratos me haviam deixado.

Quando pus uma porção da carne entre os lábios, percorreu minha mente um pensamento incompleto de alegria — de esperança. Contudo, como eu podia ter esperança? Era, como disse, um pensamento incompleto — temos vários como esse, que nunca se realizam. Senti que era alegria, esperança; mas senti também que o pensamento morria antes de se formar. Fiz esforços vãos para aperfeiçoá-lo, recuperá-lo. Tanto sofrimento quase havia aniquilado os meus costumeiros processos mentais. Eu era um imbecil — um idiota.

A vibração do pêndulo formava um ângulo reto com meu corpo estendido. Vi que a lâmina fora destinada a cruzar a região do coração. Ela desfiaria a sarja de minha túnica; voltaria e repetiria essa operação — de novo, e de novo. Apesar da enorme largura de seu balanço (uns 9 metros ou mais) e do sibilante vigor de sua descida, forte o suficiente para esfacelar as próprias paredes de ferro, mesmo assim desfiar minhas roupas seria tudo o que, por vários minutos, a lâmina faria; e a este pensamento, eu parei. Não ousava ir além dessa reflexão... detive-me nela com uma atenção persistente, como se ao fazer isso eu pudesse deter *bem ali* o baixar do aço. Ordenei a mim mesmo que ponderasse sobre o som que o crescente faria ao passar pelas roupas — sobre a sensação peculiar e excitante que a fricção do tecido produz nos nervos. Refleti sobre todas essas bobagens até que meus dentes rangessem.

Para baixo, sempre para baixo, a lâmina se aproximava. Experimentei um prazer insano em comparar sua velocidade de descida com a lateral. Para a direita, para a esquerda, para longe, para os lados, com o guincho de um espírito condenado! Para o meu coração, com o furtivo passo do tigre! Eu alternava gargalhadas e uivos, conforme uma ou outra ideia predominava.

Para baixo — com certeza, sem piedade, para baixo! A lâmina vibrava a 10 centímetros do meu peito! Eu me debati violentamente, furiosamente, para liberar meu braço esquerdo. Ele estava solto apenas do cotovelo até a mão. Eu podia fazer a mão alcançar o prato e trazê-la à minha boca com grande esforço, mas nada além disso. Se pudesse romper as cordas sobre o cotovelo, teria agarrado e tentado deter o pêndulo. Mas seria o mesmo que tentar impedir uma avalanche!

Ainda para baixo, incessantemente, inevitavelmente para baixo! Eu engasgava e me debatia a cada vibração. Encolhia-me convulsamente diante da oscilação. Meus olhos seguiam o giro para cima com a ansiedade do mais louco desespero e fechavam-se num espasmo na descida, embora a morte me parecesse um alívio. Oh, um alívio indizível! E, mesmo assim, eu estremecia em cada nervo ao pensar que um leve afundar da máquina precipitaria aquele machado afiado e brilhante em meu peito. Era a esperança que causava o estremecimento dos nervos — era a *esperança* —, esperança que triunfa até na tortura, que murmura junto aos condenados à morte, mesmo nas masmorras da Inquisição.

Calculei que mais dez ou 12 balanços trariam o aço para um contato real com minha túnica, e com essa observação veio repentinamente sobre meu espírito toda a aguda e contida calma do desespero. Pela primeira vez após tantas horas, ou talvez dias, eu *pensei*. Agora me ocorria que a tira, ou cilha que me envolvia, era *única*. Eu não estava preso por cordas separadas. O primeiro golpe do crescente em forma de navalha, através de qualquer pedaço da tira, a cortaria de tal forma que poderia ser desvencilhada de meu corpo pela minha mão esquerda. Mas como seria temível, nesse caso, a proximidade do aço! O resultado do menor esforço seria mortal. Além disso, não seria plausível que os servos dos torturadores tivessem previsto, e prevenido, essa possibilidade? Seria possível que as tiras cruzassem meu peito no caminho do pêndulo?

Com medo de descobrir que minha frágil e, aparentemente, última esperança se frustrasse, ergui a cabeça ao máximo para obter a visão distinta de meu tórax. A correia envelopava firmemente meus membros e tronco em todas as direções, *menos no percurso da lâmina destruidora.*

Mal eu havia deixado cair a cabeça na posição original, brilhou em minha mente o que eu não posso descrever senão como metade daquela ideia malformada de libertação mencionada anteriormente, e da qual apenas uma parte me flutuava imprecisamente no cérebro, quando havia levado o alimento a meus lábios febris. O pensamento inteiro agora estava presente — tênue, pouco sadio, pouco definido, mas ao menos completo. Eu me pus em ação na hora, com a energia nervosa do desespero, para tentar sua execução.

Durante horas, a vizinhança imediata do leito baixo de madeira sobre o qual eu me deitava estivera, literalmente, fervilhando de ratos. Eles eram selvagens, ousados, famintos, e seus olhos vermelhos fitavam-me como se apenas esperassem o fim de meus movimentos para me tornar sua presa. "Com qual alimento", eu pensei, "terão eles se acostumado neste poço?"

Eles haviam devorado, apesar de meus esforços para impedi-los, quase todos os resíduos do conteúdo do prato. Eu havia caído num movimento rotineiro de abanar em torno do prato, e aos poucos a inconsciente regularidade do movimento o privou de qualquer efeito. Os roedores, em sua voracidade, com frequência cravavam suas presas afiadas em meus dedos. Com o resto da carne gordurosa e picante que restava, eu metodicamente esfreguei as correias até onde pude alcançar; então, levantando a mão do chão, prendi a respiração, imóvel.

Os animais famintos, a princípio, pareceram espantados, amedrontados pela mudança, pela falta de movimento. Recuaram, alarmados; vários procuraram o poço. Mas isso durou só um momento. Eu não havia contado com sua voracidade. Percebendo que eu permanecia imóvel, um ou dois dos mais audaciosos pularam sobre a armação e farejaram as tiras. Esse pareceu ser o sinal para uma corrida geral. Para além do poço, eles se arremessaram em bandos. Agarraram-se à madeira, atravessaram-na e saltaram às centenas por sobre mim. O movimento medido do pêndulo não os perturbava de forma alguma. Evitando seus golpes, eles se ocuparam com a correia engordurada. Pressionavam, amontoavam-se sobre mim em pilhas que se acumulavam. Retorciam-se sobre meu pescoço; seus lábios frios procuravam os meus; e eu meio que sufocava com sua invasiva pressão; um asco, para o qual o mundo não tem nome, fazia inchar meu peito, e fazia meu coração gelar com aquela viscosidade pesada. Faltava um minuto, e eu sentia que o esforço teria fim. Percebi claramente o afrouxamento das amarras. Sabia que, em mais de um ponto, elas já deviam estar cortadas. Com uma resolução sobre-humana permaneci *parado*.

Eu não errara nos cálculos, nem havia suportado tudo em vão. Finalmente senti que estava *solto*: as tiras pendiam em pedaços de meu corpo. Mas o movimento do pêndulo já pressionava meu peito. Rasgara a sarja da túnica. Cortara o linho por baixo dela. Mais duas vezes ele balançou, e uma aguda sensação de dor disparou por cada um dos meus nervos. O momento de fugir havia chegado! A uma sacudidela de minha mão, meus libertadores se afastaram em tumulto. Com um movimento firme, cauteloso, de lado, encolhido e vagaroso, eu deslizei por sob as amarras e para além do alcance da cimitarra. Naquele momento, ao menos, *eu estava livre*.

Livre! E ao alcance da Inquisição! Mal eu deixara minha improvisada cama de horrores para o piso de pedra da prisão, o movimento da máquina infernal cessou e eu pude vê-la sendo arrastada em direção ao teto por alguma força invisível. Foi uma lição que absorvi em desespero. Cada um dos meus atos era, sem dúvida, vigiado.

Livre! Eu havia escapado da morte na forma de tormento apenas para ser entregue a outra forma, provavelmente pior que a morte em si. Com esse pensamento, meus olhos percorreram nervosamente as barreiras de ferro que me encarceravam. Algo incomum — uma mudança que a princípio eu não conseguia analisar distintamente — havia mudado na câmara. Durante poucos minutos de uma sonhadora e trêmula abstração, eu me concentrei em vãs e desconectadas conjunturas. Nesse período percebi, pela primeira vez, a origem da luz amarelada que iluminava a cela. Vinha de uma fissura de um centímetro de altura que se estendia por toda a prisão, na base das paredes, que assim pareciam — e eram de fato — completamente separadas do piso. Eu tentei, obviamente em vão, olhar através da abertura.

Ao levantar-me após a tentativa, o mistério da mudança na câmara revelou-se à minha compreensão. Eu observara que, embora os contornos das figuras sobre as paredes fossem suficientemente visíveis, suas cores pareciam borradas e indefinidas. Aquelas cores haviam se tornado, e se tornavam a cada momento, mais intensas e surpreendentemente brilhantes, dando aos espectrais e diabólicos desenhos um aspecto que teria aterrorizado nervos mais firmes que os meus. Olhos de demônios, numa vivacidade selvagem e fantasmagórica, fitavam-me de mil direções diferentes, onde nada fora visível antes, e reluziam com o lúgubre cintilar de um fogo que eu não podia forçar minha imaginação a julgar irreal.

Irreal! Assim que respirei, veio-me às narinas o bafo de vapor do ferro aquecido! Um odor sufocante atravessou a prisão. Um brilho mais profundo intensificava, a cada momento, os olhos que observavam minhas agonias! Um tom mais rico em carmim se espalhava sobre os horrores sangrentos ali pintados.

Eu ofeguei, resfoleguei — não podia haver dúvidas sobre as intenções de meus torturadores, os mais implacáveis, os mais demoníacos dos homens! Eu me afastei do metal incandescente em direção ao centro da cela. Em meio aos pensamentos da destruição pelo fogo que me esperava, a ideia do frescor do poço caiu sobre minha alma como um bálsamo. Corri para suas margens mortais. Lancei meu olhar extenuado para baixo. O clarão do teto inflamado iluminava seus mais profundos recessos. E ainda, por um momento insano, meu espírito se recusava a entender o significado do que eu via. Finalmente minha alma se esforçou e lutou para que tal significado se manifestasse, fixado a fogo em minha razão vacilante. Ah, poder ter voz para falar! Oh, o horror! Qualquer horror, menos esse! Com um grito agudo, eu me afastei das bordas e enterrei o rosto nas mãos, soluçando amargamente.

O calor aumentava depressa, e mais uma vez olhei para cima, tremendo como num ataque de malária. Tinha acontecido uma segunda mudança na cela — e agora a tal mudança era obviamente na *forma*. Como antes, era em vão a minha tentativa de avaliar ou compreender o que estava ocorrendo. Mas não fiquei em dúvida por muito tempo. A vingança inquisitorial tinha sido apressada por minha dupla escapada, e não haveria mais brincadeiras com o Senhor dos Terrores. O aposento já fora quadrado. Eu via agora que dois de seus ângulos de ferro eram agudos — portanto dois seriam obtusos. A temível diferença aumentava rapidamente com um rumor surdo, como o som de gemidos. Em um instante, a câmara mudara sua forma para a de um losango. Mas a alteração não parou por aí — nem eu esperei ou desejei que parasse. Poderia ter me arremessado de peito às paredes vermelhas, tornando-as um manto de eterna paz.

"Morte", eu murmurei, "qualquer morte menos a do poço!"

Tolo! Como eu não percebera que o objetivo das paredes de ferro incandescente era lançar-me *para dentro do poço*? Poderia eu resistir a seu ardor? E, mesmo se pudesse, conseguiria resistir à sua pressão? Agora o losango ficava mais e mais achatado, com uma rapidez que não me deixava tempo para refletir. Seu centro, e, claro, sua maior largura, se aproximava justamente do buraco escancarado.

Eu recuei — mas as paredes, ao se fecharem, me pressionavam irresistivelmente para a frente. Até que meu corpo abrasado e contorcido encontrava apenas alguns centímetros de apoio para os pés, no piso da prisão. Não me debati mais, porém a agonia de minha alma encontrou escape num grito desesperado, alto, prolongado, final. Senti que cambaleava sobre as bordas... desviei meus olhos...

Houve um murmúrio de vozes humanas em discordância! Um forte estrondo, como o de várias trombetas! Houve um rangido áspero como o de mil trovões! As paredes em fogo recuaram de súbito. Um braço estendido apanhou o meu, assim que me senti desmaiar e resvalar para o abismo.

Era do general Lasalle.

O exército francês havia entrado em Toledo. A Inquisição estava nas mãos de seus inimigos.

Comentário

TODA A maestria desse conto — e talvez a razão de impressionar tanto a crítica especializada e, principalmente, o público leitor, há quase duzentos anos — está na maneira como Poe, utilizando artifícios de contar histórias, ou técnicas narrativas, nos faz sentir o que sente seu personagem dentro do calabouço (um precioso *efeito* da composição literária bem realizada, chamado *empatia*). A cada nova ameaça, cada uma das imagens vivas dos horrores sofridos nos machuca, fazendo com que nos sintamos enterrados nessa escuridão sem esperanças, sob a ameaça de sermos comidos por ratos e de despencar num poço que, nesse conto, é a própria goela do inferno. O prisioneiro vai nos descrevendo seu suplício, seu horrendo isolamento do mundo, como se tivesse sido lançado ainda com vida numa sepultura e de lá nos trouxesse sensações quase insuportáveis.

Essa *identificação* com o personagem, que nos envolve tão poderosamente, é fruto da excelência — modelo para qualquer escritor ou aficionado das minúcias da criação literária — com que Edgar Allan Poe manipula a narração em primeira pessoa. Ou seja, ao delegar a esse prisioneiro o duplo papel de personagem e de *contador* da história (ou, em termos técnicos, de *narrador*), o *efeito* que o autor busca é nos transportar para dentro desse calabouço e, mais agudamente, para dentro da mente e do sofrimento desse personagem. Nada poderia ser mais *edgarallanpoeriano* do que isso.

Do mesmo modo, a marca do autor está no emprego, sem constrangimento, de fetiches, de referências concretas que produzem *efeito certo*, no caso, de asco e de horror, verdadeiros *clichês*: ratos, o poço sem fundo, olhos que observam embora invisíveis na escuridão... Qualquer filme de horror de terceira categoria os usaria também; contudo, ficaria faltando a cadência genial dessa narrativa e o ardiloso posicionamento do seu narrador.

Em sua recriação, Rosana Rios tinha em conta essas e outras características de Poe:

> Um personagem sem nome se encontra preso nos subterrâneos de Toledo, na Espanha, sendo submetido a engenhosas formas de tortura — física e psicológica — diante de um poço em que, de uma forma ou de outra, ele sabe que irá despencar para a morte. Ele é prisioneiro da Inquisição, e nos inquisidores invisíveis que assistem ao seu sofrimento, que nem mesmo aparecem na história, o autor retratou todos os fanáticos de todos os tempos: pessoas que acreditam, defendem alguma coisa, e não admitem que os outros acreditem ou defendam algo diferente. Chamam a opinião discordante de *blasfêmia, heresia, traição*. E tentam exterminá-la utilizado seu portador.

A imagem do subterrâneo contendo um poço sem fim era uma ideia fixa para mim. Comecei meu conto com um personagem acordando no subterrâneo, como o de Poe. Dei-lhe um nome e descrevi seus torturadores. Sei que, no original, o anonimato do homem torturado e a invisibilidade de seus torturadores são elementos que fazem a narrativa mais assustadora. Um inimigo apenas vislumbrado, imaginado, é muito pior que um inimigo que a gente enxerga claramente! E todo leitor pode se identificar com um protagonista anônimo, ainda mais quando envolvido numa narrativa na primeira pessoa.

Mas acabei optando por estes dois pontos que divergem da narrativa original: primeiro, por narrar na terceira pessoa; segundo, por mostrar os bastidores da história. Poe mantém o leitor preso numa narrativa única: ali, tudo se passa dentro da masmorra, junto ao poço. No meu conto, trabalhei em *flashback*, com as lembranças do que acontecera antes voltando à memória de Alan — vocês adivinharam, dei-lhe esse nome em homenagem a Poe, é claro! —, e, enquanto recorda como foi parar ali, o tempo passa, e ele continua preso. Sua única saída para não sucumbir à dor, à fome e à sede será desistir da vida e acelerar a morte, jogando-se no poço.

Um dos recursos que Poe usa nesse conto é o da repetição. Muitas vezes repete "para baixo, para baixo". É para baixo, para o fundo dos subterrâneos que os algozes o levam; é para baixo, sempre para baixo, inexoravelmente para baixo que a lâmina do pêndulo desce! Para baixo ele cairá, quando a escuridão o empurrar das paredes em fogo ou a loucura o fizer cair no poço. Usei esse recurso repetindo as palavras "você deve morrer", a condenação que Alan recebe e que acredita que se cumprirá.

84

Aliás, a repetição de uma frase, como se fosse uma sentença que persegue determinado personagem (e assombra o leitor) era um recurso muito caro a Poe. Em seu poema mais famoso), *O corvo*, uma ave surgida de uma eternidade morta, na qual o tempo não passa mais, traz de lá a ladainha que, ao que parece, vai atormentar o personagem até conseguir que ele mergulhe também nesse mesmo vazio. Em *O corvo*, depois de fechar versos com expressões de sonoridade semelhante, o animal finalmente revela seu nome, Nevermore (Nunca-mais), e daí em diante até a conclusão do poema é esse o bordão que reverbera infinitamente a cada desfecho de estrofe.

Rosana Rios compara ainda o final de sua recriação com o do conto de Poe:

> No conto de Poe, por mais desesperada que seja a situação, o personagem resiste, encontra esperança em alguma coisa. Fiz o mesmo com meu Alan, e para isso usei a epígrafe, um trecho de outra obra sobre intolerância que admiro muito, e com a qual teci um paralelo: *O santo inquérito*, de Dias Gomes. Nessa peça, o autor narra a condenação, o interrogatório e a morte num auto de fé de Branca Dias, jovem brasileira que na vida real foi presa, condenada e queimada pela mesma Inquisição que aprisionou o personagem de Poe. Naquele livro, o homem que Branca amava diz que há um limite para aquilo que a tortura pode tirar de uma pessoa: e esse limite está na sua dignidade. O ser humano pode ser aprisionado, humilhado, torturado até o ponto de não saber mais quem é ou em que acredita, mas sua dose de dignidade humana não lhe pode ser tirada. Em todos os momentos em que Alan está prestes a perder a esperança, ele se

lembra das palavras da epígrafe e resiste. Assim, consegue sobreviver até que a ajuda chegue.

Nem todos os contos de Poe terminam com a salvação da vida (ou da sanidade, ou da liberdade) dos protagonistas. O terror sempre faz vítimas... Porém, neste *O poço e o pêndulo*, por algum motivo o autor recompensou a esperança que o personagem manteve. Eu não podia deixar por menos, e também recompensei a esperança de Alan, deixando que ele escapasse à sanha de seus sádicos executores.

Por que fizemos isso, eu e Poe? Por que salvamos nossos protagonistas? Não sei dizer se isso passou pela cabeça dele, mas eu acredito que seja porque nós não suportamos pensar que o fanatismo religioso possa triunfar. Aquilo que fez surgir a Inquisição e matar impunemente milhares de pessoas, em nome da religião, ainda existe: centenas de anos se passaram e ainda vemos, neste século XXI, indivíduos e grupos que se acham os donos da verdade, e que não hesitariam — na verdade, não hesitam! — em torturar e queimar objetos e pessoas que possuem *outras verdades*.

Um último comentário... Poe, para contar a história com esse *final salvador* de que fala Rosana Rios, não teve nenhum constrangimento em *dar um jeitinho* na História. Isso porque o conde Antoine de Lasalle, um dos generais de Napoleão, existiu de fato, e foi um dos comandantes dos exércitos franceses que invadiram a Espanha (mais exatamente a cidade de Toledo). Mas tudo isso se passou séculos depois de a Inquisição espanhola — a mais temida de todas e que tinha de fato um centro importante em Toledo — estar desativada. Outra *peraltice* de Poe se refere à epígrafe do conto.

Charles Baudelaire, poeta e ensaísta francês que traduziu Poe e foi bastante influenciado por ele, afirmou que o prédio situado no terreno do Clube dos Jacobinos não tinha portões; consequentemente, lá não havia inscrição alguma. O escritor argentino Jorge Luis Borges, outro leitor e tradutor de Poe, deve ter se divertido muito com essa pequena farsa, com ares de *licença literária*, do tipo que ele usou tanto nos contos que escreveu. É que Poe tem muitos descendentes literários.

Os dentes da Berê

LEO CUNHA

Recriando
Berenice

NA BUSCA por impactar seu leitor, recurso que Poe desenvolveu artesanalmente em toda a sua obra, o conto *Berenice* emprega alguns dos elementos mais densos, de efeito mais horripilante, que sintetizam o significado da *blasfêmia* e transformam em terror a lembrança das compulsões que podemos ocultar em nosso espírito. E tudo isso antes de Sigmund Freud ter alocado no *inconsciente* nossos desejos inconfessáveis.

O conto foi publicado originalmente em 1835, com o título singelo de *Berenice*, no *Southern Literary Messenger*, de Richmond, Virgínia.

Sobre sua recriação, *Os dentes da Berê*, Leo Cunha comenta:

Descobri *Berenice* aos vinte e poucos anos de idade. Eu estava terminando a faculdade de Jornalismo, na PUC-MG, quando apareceu por lá um curso de extensão de criação cinematográfica. Éramos uns cinquenta alunos, e cada grupo de dez fez o seu curta-metragem. O primeiro dilema era: qual história filmar. Diversas ideias pipocaram, até que alguém sugeriu uma adaptação de um conto do Edgar Allan Poe chamado *Berenice*. Eu não conhecia esse conto e, à medida que fui lendo, um mundo de imagens — fantásticas, apaixonantes, macabras, amarguradas — surgia na minha cabeça, e assim escrevi o roteiro, em parceria com dois colegas. Detalhe importante: a filmagem era em Super-8, uma técnica antiga que não permitia diálogos. Ou seja: a história tinha que ser contada exclusivamente com imagens. O desafio era enorme, mas a narrativa do Poe era tão visual que demos conta, afinal, de criar o roteiro e fazer o filme. O resultado até que ficou legal, considerando o equipamento limitado que tínhamos e nossa experiência mais limitada ainda. Mas, para mim, o mais importante de tudo foi conhecer aquela história e me apaixonar por ela.

Mais de 15 anos depois, surgiu a ideia deste livro. Cada um dos autores deveria escolher um conto do Poe e criar uma história a partir dele. A minha opção não podia ser diferente: *Berenice*! Minha intenção, com *Os dentes da Berê*, não foi a de recriar o conto do mestre, o que, convenhamos, seria quase impossível. Eu quis simplesmente bolar uma história autônoma, mas que de alguma forma se inspirasse em algumas daquelas imagens tão marcantes que existem no conto do Poe. E, assim, prestar minha homenagem a ele.

Os dentes da Berê

Leo Cunha

Ajeito a gravata, confiro a gola, empino o queixo e adentro o salão do clube, cumprimentando discretamente os dois porteiros. Nenhum dos dois me reconhece, é claro: como há recepções aqui todas as semanas, de quinta a sábado, seria quase impossível se lembrarem de um rosto comum como o meu. Especialmente porque tomo o cuidado de nunca repetir o terno no mesmo clube. Pelo menos, não no espaço de três ou quatro meses.

Esta noite, optei por um terno marrom-escuro, com gravata estampada de flores pastel. Finíssimo, porém discreto. Já o usei em um casamento no Ginástico, outra vez na AABB, numa vernissage na Galeria Mirô, além de num lançamento de livro na biblioteca central. Mas nunca neste clube. Minha roupa está impecável, e um rapaz tão impecável — mesmo vestido num estilo um pouco careta demais, se comparado à maior parte dos jovens de hoje — paira acima de qualquer suspeita.

Como você deve estar percebendo, eu sou o que poderíamos chamar de "papa-recepção". E, no meu caso, o verbo papar é muito mais apropriado do que, por exemplo, no caso dos papa-defuntos. Sim, porque os papa-defuntos não chegam a devorar literalmente os cadáveres, apenas saboreiam metaforicamente os enterros: se "divertem" (na falta de uma palavra melhor) folheando os jornais em busca da página de obituários, selecionando cuidadosamente o velório mais promissor do dia, abrindo o armário e escolhendo cuidadosamente qual das roupas escuras parece a mais adequada para aquele enterro específico, dirigindo-se ansiosos ao cemitério, brincando de adivinhar — sem perguntar para ninguém, apenas na base da observação e na intuição — qual das mulheres chorosas é a viúva (ou o viúvo, quando é o caso), examinando e avaliando quais coroas de flores são mais bonitas, mais bregas, mais caras, mais vagabundas.

Digo isso sem nenhum preconceito, pois também já fui papa-defunto. Durante vários anos cultivei esse hábito — ou melhor, pra que mentir? Pra que fingir que não? —, esse grande prazer. Sim, porque a rotina de um papa-defunto é repleta de pequenas delícias. A minha preferida, confesso, era a de dar uma nota mental para o padre. Ao ouvir o representante do Senhor encomendar a alma na missa de corpo presente, eu atribuía uma nota que variava de uma a cinco cruzes. Se bem que nunca, jamais, nenhum dos padres atingiu a nota máxima. E, no outro extremo, somente um sacerdote mereceu a nota mínima de uma estrela solitária. A fala do sujeito foi tão confusa e desinteressante que eu — já bastante escolado naqueles procedimentos — quase pedi para tomar a frente e celebrar eu mesmo a missa. Só não fiz isso por dois motivos: primeiro porque respeito muito a fé católica (e qualquer outra fé que exista por aí) e sei que seria uma heresia propor uma troca daquelas. Em segundo lugar porque se eu tomasse o lugar do padre acabaria chamando toda a atenção para mim, o que é exatamente o contrário do que deseja um papa-defunto que se preze. É preciso levar em consideração a dor e o luto dos que estão ali sofrendo de verdade.

Enquanto caminho lentamente pelo salão do clube, fazendo o reconhecimento do terreno, abro um leve sorriso no canto dos lábios, lembrando de minha época de papadefunto. Aqueles foram, certamente, os anos mais interessantes da minha vida. Pena que, lamentavelmente, fui obrigado a abandonar os eventos fúnebres depois que... depois que... é, só de lembrar daquele dia eu sinto um calafrio. Agora mesmo fiquei tonto, espere um pouco, deixe-me respirar fundo. Bem, para não parecer que estou fugindo totalmente do assunto, vamos dizer apenas que, depois do que aconteceu no fatídico velório da Berenice, nunca mais consegui pisar num cemitério.

Os papa-recepções, ao contrário de seus *colegas fúnebres*, comparecem aos eventos única e exclusivamente para comer. Bem, na verdade a gente também procura uma distração, às vezes até uma paquera. Mas o buffet vem em primeiro lugar absoluto. Estou aqui, antes de mais nada, em busca de guloseimas, salgadinhos, quitutes, vinhos, uísques e tudo o que as bandejas trouxerem para saciar meu apetite.

Minha condição requer alguns cuidados especiais: o primeiro é não me aproximar muito dos convidados. Para isso, faço o gênero tímido: quem estiver olhando pode imaginar que sou um primo distante da família, o filho de um colega de trabalho do pai da noiva, um amigo isolado do noivo, colega de inglês ou da academia de ginástica. De tempos em tempos, eu balanço a mão alegre, como se estivesse cumprimentando alguém do outro lado do salão. Se percebo que alguém me observa, ou aponta em minha direção, tenho que tomar uma atitude mais firme, então me aproximo de algum casal que está conversando, espero alguns segundos, ou minutos, fingindo que estou participando da conversa, depois me afasto calmamente. Se algum dos presentes tivesse alguma desconfiança, agora não tem mais, pois passei preciosos minutos *conversando* com um distinto casal.

Esta tática não surgiu assim do nada. Tive o cuidado de aperfeiçoá-la ao longo de meus anos de papa-defunto e depois passei a aplicá-la, com mínimas variações, à minha atividade atual. E garanto que nunca fui descoberto como intruso. A não ser no velório da Berê...

Não, não, não devo lembrar isso, isso não. É meu segredo. Ou pior, o que aconteceu naquele velório é um segredo que guardo até de mim mesmo. Mas é que...

Até hoje, não entendo como aquilo pôde acontecer. Será que é porque a morta era jovem? Será que é porque era muito bonita, tão linda que nem parecia estar morta, apenas dormindo no lugar errado? Não encontro nenhuma explicação razoável para o fato de ter me aproximado tanto do caixão, erro que nunca tinha cometido antes em minha carreira de papa-defunto. E o pior: não compreendo como (aliás, nem me lembro como) tropecei e desabei em cima do caixão, provocando toda a confusão. Rasguei o vestido da defunta, desnudei o seu colo, bati o cotovelo com toda a força na boca da infeliz e... Ah, é melhor não pensar mais naquilo. Por que acabo sempre voltando o pensamento para aquele momento fatídico? Para os dentes da Berê? Por que essa tragédia continua teimando em me assombrar?

O casamento de hoje começou muito bem: manobristas na rua, porteiros simpáticos, centenas de convidados — o que sempre ajuda — e nenhum sinal desses caça-penetras (profissionais que ultimamente têm sido contratados para detectar os papa-recepções e acabar com nossa festa, literalmente). Não, nada de caça-penetras, graças a Deus. Tudo fazia prever uma noite perfeita. Não fosse aquele garçom de olhos traiçoeiros e seu espumante transparente. Ou talvez o contrário: não fosse aquele garçom de olhos transparentes e seu espumante traiçoeiro.

Minha primeira providência, como em qualquer recepção, é descobrir de onde vêm os garçons. Uma boa localização é fundamental: nem muito longe da fonte, nem grudado a ela, o que chamaria muita atenção. Uma distância de 5 a 10 metros costuma ser a ideal. Encontro uma boa posição no fundo do salão, à direita. A poucos metros, garçons enfileirados saem por uma portinhola estilo saloon. Dessas que se abrem no meio. Fico em pé, mas virado para o outro lado, é claro, como se estivesse ali por acaso. E espero começar o serviço.

Início promissor, a julgar pelas bebidas. Vinho seco, uísque 12 anos, cerveja, refrigerantes e água mineral. Um garçom toma a direita; o próximo, o centro do salão; o próximo, a esquerda. Uma fração de segundo antes de se fechar, a portinhola de saloon sempre leva outro empurrão. Às vezes parece inevitável que as duas metades se encostem, mas um novo garçom adia o encontro, e outro atrás dele, e outro. A porta vai, vem, vai, vem, fica aberta por um triz. Olho ao redor e vejo que ninguém mais acompanha minha torcida, certamente mais interessados em suas conversas do que naquilo que vem de dentro do saloon.

É então que surge a primeira bandeja de espumante. À primeira vista, a bebida parece inofensiva, trivial. Se eu fosse um desses *enochatos* — esses sujeitos que decoram duzentos mil detalhes sobre os vinhos e, a cada gole, fazem questão de dar uma aula pra qualquer um que dê o azar de estar por perto —, enfim, se eu fosse um desses, diria algo como: "Vinho límpido e brilhante, com bela coloração amarelo-palha de baixa intensidade, quantidade satisfatória de bolhas de dióxido de carbono, ótima persistência, aroma sutil de levedura, et cetera e tal", ou algo parecido. Mas não apenas eu não tenho vocação pra *enochato* como também preciso me manter o mais incógnito possível, o que exclui, evidentemente, dar uma aula sobre taninos, carvalhos, fundos de boca.

Minha primeira reação é deixar aquele garçom passar sem pedir o espumante. Afinal, estou satisfeito com meu uisquezinho. Mas uma estranha sensação me toma as mãos, como se meu dever de penetra fosse experimentar cada uma das bebidas da festa. Será que, ao pegar aquela primeira taça, eu já notei alguma coisa de esquisito? Cheguei a desconfiar que o garçom estava me dando uma atenção exagerada? Ou estas sensações só vieram depois? Não sei dizer.

Sinalizo ao garçom que espere um pouco (ou será que ele desacelerou propositalmente quando passou por mim?), dou dois passos e puxo uma taça. O garçom abre um sorriso atencioso (ou malicioso? ou ameaçador?) e segue em frente. Ainda me dou o direito de mordiscar displicentemente um enrolado de camarão, que acabei de capturar de outra bandeja, antes de dar o primeiro gole. O primeiro e indescritível gole. Em minha já duradoura carreira de buffets de casamentos — e outras recepções afins — jamais provei um espumante tão bom. Nesse instante me sacode o pressentimento de que, se não me vigiar, poderei pôr tudo a perder, no meio do salão.

Mal termino a primeira taça, a imagem do último velório desce feito um raio em minha mente. O tombo sobre o caixão, o vestido rasgado e o pior de tudo: a boca machucada, os lábios cortados, pedaços de dentes caindo no chão. Antes que eu pudesse me desvencilhar da morta, um rapaz barbudo voou sobre mim e me arremessou longe, já gritando: "Quem é você? O que você quer aqui? Como ousa atacar minha amada Berê? Quem convidou este cretino para o velório?"

Eu não tinha como responder. Não podia dizer a verdade — que eu era um simples papa-defunto —, senão o rapaz poderia entender mal, interpretando que, ao cair em cima da moça, eu queria, de fato, papar a defunta. Mas também não podia inventar que tinha sido convidado por algum dos presentes, pois seria fácil me desmentirem. O melhor a fazer era pedir desculpas e escapar de fininho. Foi o que eu tentei fazer, mas não deu tempo.

Quando dei por mim, o mesmo rapaz barbudo já estava aos berros, me enchendo de socos:

— Miserável. Olhe o que você fez com os dentes da Berê!

— Calma, calma! — era só o que eu conseguia falar, me esquivando dos golpes.

— A Berê tinha os dentes mais lindos do mundo, o sorriso mais perfeito do mundo! — ele chorava descontrolado. — Era assim que eu queria me lembrar dela. Mas você arreganhou os lábios dela e quebrou os dentes!

— Peço desculpas, foi sem querer...

— Coisa nenhuma, você fez de propósito! Você queria destruir o sorriso da Berê, destruir a memória que eu tenho dela! E agora vai pagar por isso!

De repente sacou da cintura uma pistola e apontou para mim:

— Vá pros quintos dos infernos, seu maldito!

O primeiro tiro passou raspando pelo meu pescoço e, no momento em que vinha o segundo, o braço salvador de alguém ergueu a mão do rapaz. A bala zumbiu em direção ao teto. Todos começaram a gritar assustados, cada um chorando para um lado, e o padre, que ia chegando sem saber de nada, limpou a garganta e decretou:

— Meus irmãos, é preciso muita calma nesta hora. A dor da morte é mesmo enorme, mas com o tempo passa. Não caiam no desespero, pois o mais importante é que a querida Berenice está descansando em paz ao lado do Senhor.

Caído atrás de uma pilastra, achei que aquele discurso do padre não merecia nem duas cruzes, mas, como tinha conseguido pelo menos desviar a atenção, resolvi dar nota cinco e não se fala mais nisso. Depois saí correndo sem nem saber pra onde, a garganta apertada, o coração saltando pela boca, o chão fugindo debaixo de meus pés. Quando cheguei ao estacionamento do cemitério, só consegui pensar: "Juro por tudo o que é mais sagrado que nunca mais vou a um velório. Acaba aqui a minha carreira de papa-defunto." E caí desacordado no chão.

E agora, depois de tanto tempo, estou aqui, nesta recepção. A banda emenda canções de sucesso, que deveriam encher a pista. Mas cada convidado espera um outro começar. O cantor hesita entre cantar mais alto para atrair o público e cantar mais baixo, deixando os convidados à vontade para papear. Alheios à dança, o baterista e o baixista aproveitam para treinar viradas e breques, que apresentarão amanhã, no bar onde certamente tocam com sua banda de cool jazz. E não sei se por causa daquelas viradas da bateria ou por culpa do espumante, só sei que a cada minuto estou ficando mais e mais zonzo, mais e mais entorpecido. Quantas taças eu já bebi? Cinco, oito, dez?

Então me dou conta de que o garçom dos espumantes sumiu, parou de servir. Já faz cinco, dez minutos, que eu olho fixamente para a portinhola da cozinha e nada. Todos os outros garçons aparecem, menos ele. O que está acontecendo?

Intrigado pela ausência do garçom de olhar estranho e atormentado pela lembrança peculiar daquele espumante, eu começo a suar frio e a sentir palpitações. Tenho ganas de invadir a cozinha e atacar o resto das garrafas. "Será que estou tão bêbado assim?", penso em voz baixa, ou alta, nem eu consigo saber. Mas como fui fazer isso? Estou cansado de saber que a primeira regra de um papa-recepção é não ficar bêbado! Por que diabos eu fui beber tanto? Por que diabos caí em cima do caixão? De onde veio esse tiro? Que discurso absurdo, o desse padre! Que belo solo de bateria! Como brilham no chão os dentes da Berê! Tudo se mistura desordenadamente na minha cabeça, aaaaaaaahhhhhhhh! Não tem outro jeito: eu preciso mesmo invadir essa cozinha.

Respiro fundo, espero passar um garçom e, antes que a portinhola se feche, entro por ela feito um jato. Preciso encontrar a geladeira dos espumantes, antes que alguém me expulse daqui. Olho para um lado e para outro e descubro, sentado num banquinho, o garçom dos espumantes. Vou me aproximando discretamente e vejo que seus olhos transparentes estão cheios de lágrimas. Outro garçom está ajoelhado à sua frente, nenhum dos dois me vê.

— Vamos lá, Raul! Você precisa trabalhar, não pode largar o serviço pelo meio.

— Eu sei, chefe, mas não consigo. Hoje eu não consigo. Tem alguma coisa de estranho nesta festa. Estou sentindo um clima muito pesado.

— Eu entendo, Raul, mas é preciso ter força!

— Não tem jeito. O senhor quer que eu dê vexame? Quer que eu sirva as bebidas chorando na frente dos convidados? Não me sinto tão triste assim desde o velório da Berê...

A poucos metros do garçom, eu me sinto petrificado. Como assim, velório da Berê? Quem é esse garçom, afinal?

Pisco várias vezes pra clarear minha visão e tento reparar bem no rosto dele. Só então o reconheço. Basta acrescentar uma barba e pronto: é o namorado da Berenice! Uma sensação estranha me invade, o efeito da bebida deve estar no auge, pois sinto meu corpo praticamente flutuando ali na cozinha. Agora é questão de honra, eu preciso escutar essa conversa até o final. Para não correr o risco de ser descoberto, me escondo atrás de uma pilastra.

O garçom-chefe continua insistindo:

— Veja bem, Raul. Não é fácil conseguir emprego hoje em dia pra um sujeito que foi preso por assassinato.

— Assassinato? — ele repete, os olhos vermelhos de tristeza e fúria. — Eu atirei em legítima defesa!

— Não tente se enganar. Todos os presentes no velório garantiram que o sujeito não tinha arma nenhuma.

— Mas foi legítima defesa da honra! Aquele cretino destruiu a honra da minha querida Berê. Ele destruiu o sorriso mais perfeito do mundo. Ele matou a Berê pela segunda vez!

E enquanto o garçom diz "ele", "ele", "ele", eu só consigo escutar "eu", "eu", "eu". É de mim que ele está falando? Está dizendo que me assassinou? Mas como ele pode dizer isso, se eu estou aqui, a 2 metros dele? Resolvo sair de trás da pilastra e enfrentar o sujeito.

— Você é maluco, rapaz? Ficou maluco quando atirou em mim, no velório, e continua maluco agora, dizendo que me matou. Olhe pra mim, estou aqui, vivinho, na sua frente!

Mas ele nem olha pra mim. O chefe também não. Será que não estão me ouvindo? Repito tudo, ainda mais alto, mas não encontro nenhuma reação. Ele simplesmente continua chorando e chorando, como se eu nem existisse. Nesse instante, ele enfia a mão no bolso e eu recuo assustado, crente que ele vai sacar de novo a pistola. Mas não, o que ele pega é uma caixinha de ébano.

— Está vendo isto aqui, chefe?

— Estou, Raul. Que caixa é esta?

Ele não consegue responder. Suas mãos trêmulas não têm mais força para segurar a caixa, que cai no chão. E de dentro da caixa, com um ruído seco, rolam várias coisinhas brancas feito marfim e um negócio prateado, um pouco maior.

— Isto aqui é o que sobrou dos dentes da Berê — ele soluça apontando para as pequenas brancuras. — E esta é a bala que acabou com a vida daquele desgraçado.

Solto um grito de pavor e, adivinhando tudo, temendo tudo, me atiro violentamente contra a parede. Não sinto nenhuma dor. Dou uma mordida em meu braço. Nada. Levo a mão até a bandeja e bebo uma, duas, três taças de espumante. Depois olho para a bandeja e vejo que as taças continuam lá, cheias, intactas. E quando levo a mão ao pescoço, encontro um furo pequeno, mas profundo, com o calibre exato daquela bala prateada.

BERENICE

EDGAR ALLAN POE

TRADUÇÃO DE ROSANA RIOS

Dicebant mihi sodales,
si sepulchrum amicae visitarem,
curas meas aliquantulum.[5]
Ebn Zaiat[6]

A MISÉRIA TEM muitas faces. A desgraça na terra é multiforme. Espalhando-se pelo largo horizonte como o arco-íris, seus matizes são tão variados quanto os tons daquele arco — tão distintos também e, contudo, tão intimamente mesclados. Espalhando-se pelo largo horizonte como o arco-íris! Como foi que, da beleza, eu pude tirar algo tão desagradável — de uma aliança de paz, um sinônimo de tristeza? Mas já que, na ética, o mal é uma consequência do bem, então, na verdade, da alegria pode nascer a tristeza. Ou

---

[5] "Disseram-me os companheiros que a visita ao túmulo de minha amiga poderia dar alívio a meu sofrimento."
[6] Há diferentes opiniões sobre esse autor, citado por Poe. Uma delas é que se trata de um poeta árabe do século III d.C. Outra, ainda, é que Poe tenha tirado esta epígrafe de algum poema árabe, atribuindo-a, com certa licença literária, a este Ebn Zaiat.

a lembrança da felicidade passada é a angústia do presente, ou as agonias que agora são reais têm sua origem nos êxtases que poderiam ter existido.

Meu nome de batismo é Egeu; não mencionarei o de minha família. Contudo, não há na Terra torres mais honradas pelo tempo que os salões tristonhos e cinzentos de minha herança. Nossa linhagem foi chamada uma raça de visionários; e em várias particularidades distintas — nas tapeçarias dos quartos, nos entalhes de alguns arcos na sala de armas, muito especialmente na galeria de pinturas antigas, no formato da sala da biblioteca e, por fim, na natureza bem peculiar do conteúdo dessa biblioteca — há mais que suficiente evidência a corroborar tal crença.

As recordações de meus primeiros anos estão ligadas àquele aposento e aos seus volumes — a respeito dos quais eu nada mais direi. Ali morreu minha mãe. Ali eu nasci. Mas seria inútil dizer que eu não havia vivido antes — que a alma não tem existência prévia. Não acredita? Não vamos discutir. Eu mesmo, estando convencido, não busco convencer mais ninguém.

Existe, contudo, uma reminiscência de formas aéreas — de olhos significativos e espirituais, de sons musicais embora tristonhos, uma reminiscência que não pode ser eliminada; uma lembrança que se assemelha a uma sombra — vaga, variável, indefinida, incerta; e também é como uma sombra pela impossibilidade que tenho de me livrar dela enquanto existir a luz solar de minha razão.

Naquele aposento eu nasci. Assim, despertando da longa noite daquilo que parecia, mas não era, a não existência, penetrando de uma só vez as fronteiras da terra das fadas — adentrando um palácio da imaginação, os domínios do pensamento e da erudição dos monges —, não é de admirar que eu tenha olhado ao meu redor com olhos atônitos e ardentes, desperdiçando minha infância nos livros e dissipando minha juventude em devaneios; mas é estranho que os anos se passavam e o apogeu da maturidade me encontrava ainda na mansão de meus pais... é maravilhoso como a estagnação daquele local desceu sobre as fontes da minha vida — é extraordinário como uma total inversão ocorreu no aspecto de meus mais comuns pensamentos. As realidades do mundo me afetavam como se fossem visões, apenas visões, enquanto as loucas ideias da terra dos sonhos se tornavam, em troca, não o material da minha existência diária, mas na verdade a existência em si, completa e unicamente.

Berenice e eu éramos primos, e crescemos juntos no solar de meus pais. Contudo, crescemos de maneira diversa: eu, com a saúde fraca e enterrado na melancolia — ela, ágil, graciosa, transbordante de energia. Eram dela os passeios nas encostas das colinas — eram meus os estudos no claustro; eu vivia preso em meu próprio coração, corpo e alma, viciados na mais intensa e dolorosa meditação — e ela vagava descuidada pela vida, sem se importar com as sombras em seu caminho ou com o voo silencioso das horas em suas rápidas asas de corvo.

Berenice! — eu clamo seu nome. — Berenice! E das cinzentas ruínas da memória milhares de recordações tumultuadas espantam-se com tal som. Ah, sua imagem vívida está diante de mim, como nos primeiros anos de sua alegria e leveza de alma! Oh, beleza deslumbrante, ainda que fantástica! Oh, sílfide[7] entre os arbustos de Arnheim![8] Oh, náiade[9] entre

---

[7] Sílfide: na mitologia germânica e celta, uma criatura feminina com poderes mágicos; um *gênio* do ar. Mas também uma mulher esbelta, de compleição leve.

[8] Arnhein: um cenário natural de fantasia, que Poe descreve em outro conto, intitulado *O reino de Arnhein*.

[9] Náiade: divindade, uma ninfa das fontes e dos rios

as fontes! E então — então tudo é mistério e terror, um conto que não deveria ser contado. A doença — uma doença fatal — caiu como um vento maligno sobre seu corpo; e, mesmo diante dos meus olhos, o espírito da mudança se abateu sobre ela, permeando sua mente, seus costumes, sua personalidade e, da maneira mais sutil e terrível, perturbando sua própria identidade. Ai! O destruidor veio e se foi! E a vítima, onde está ela? Já não a conhecia — ou não mais a conhecia como Berenice.

Entre as numerosas enfermidades, induzidas por aquela inicial e fatal que causou uma revolução tão horrenda no ser moral e físico de minha prima, pode ser mencionada, como a mais perturbadora e obstinada em sua natureza, uma espécie de epilepsia que com certa frequência termina em transe — um transe que lembra muito o próprio falecimento, e do qual na maior parte das vezes ela voltava a si de forma assustadoramente súbita. Enquanto isso, minha própria doença — pois disseram-me que não deveria chamar aquela condição por outro nome —, minha própria doença rapidamente tomou conta de mim e assumiu afinal o caráter de uma ideia fixa, em nova e extraordinária forma — ganhando força a cada hora, a cada momento — e obtendo aos poucos sobre mim a mais incompreensível ascendência.

Essa monomania, se posso chamá-la assim, consistia numa irritabilidade mórbida daquela propriedade da mente que a ciência metafísica chama de *capacidade de atenção*. É muito provável que eu não me faça compreender; temo, na verdade, que não haja como transmitir ao leitor comum uma noção adequada dessa nervosa intensidade do interesse com o qual, no meu caso, o poder de meditação (para não usar termos técnicos) se ocupava e se enterrava na contemplação dos objetos mais banais do universo.

Refletir sem cansaço por longas horas, com a atenção presa a algum detalhe frívolo da margem ou da tipografia de um livro; ficar absorto, durante grande parte de um dia de verão, em uma vaga sombra projetada sobre a tapeçaria ou o piso; perder-me, por toda uma noite, na contemplação da chama de uma lamparina ou nas brasas da lareira; sonhar dias inteiros com o perfume de uma flor; repetir monotonamente qualquer palavra, até que o som, por força da repetição continuada, não mais transmitisse ideias à mente; perder qualquer noção de movimento ou de existência física, através de uma absoluta, longa e teimosa imobilidade: tais foram algumas das mais comuns e menos nocivas excentricidades a que levava a condição de minhas faculdades mentais, em verdade não totalmente sem paralelo, mas que certamente desafiavam toda análise ou diagnóstico.

Todavia, não quero ser mal compreendido. A atenção indevida, intensa e mórbida assim despertada por objetos de natureza banal não deve ser confundida em essência com a tendência à meditação, comum a toda a humanidade e mais especialmente atribuída às pessoas de imaginação ardente.

Essa atenção nem era, como se pode supor a princípio, uma condição extrema ou exagerada de tal tendência, mas primária e essencialmente distinta, diferente dela. Nesse exemplo, o sonhador, ou entusiasta, ao interessar-se por um objeto — que não costuma ser frívolo —, perde imperceptivelmente a noção de seu objeto numa multiplicidade de deduções e sugestões que dele surgem, até que, ao fim de um devaneio sempre repleto de exuberância, ele descobre que aquilo que incitou ou provocou suas meditações desapareceu, foi inteiramente esquecido.

Já no meu caso, o objeto primário era sempre trivial, embora assumisse, através de minha visão perturbada, uma importância obstinada e irreal. Chegava a poucas deduções, se é que chegava a alguma; e essas poucas voltavam teimosamente a girar em torno da preocupação original. Tais meditações jamais me davam prazer; e, quando o devaneio terminava, sua causa primeira, em vez de ter sido esquecida, havia adquirido um interesse exagerado além do natural, sendo esse o caráter predominante da doença. Resumindo, em meu caso os poderes da mente mais particularmente afetados eram os da capacidade de atenção, enquanto no caso do sonhador são os da especulação.

Meus livros, nessa época, se não serviram propriamente para acelerar a doença, tiveram participação, como se pode perceber por sua natureza imaginativa e inconsequente, em acentuar as características da própria doença. Lembro-me bem, entre outros, do tratado do nobre italiano Coelius Secundus Curio, *De Amplitudine Beati Regni Dei;*[10] o grande trabalho de Santo Agostinho, *A cidade de Deus*; e, de Tertuliano, *A carne de Cristo*, no qual o período paradoxal "*Mortuus est Dei filius; credible est quia ineptum est: et sepultus resurrexit; certum est quia impossibile est*"[11] ocupou completamente meu tempo, durante muitas semanas de investigação trabalhosa e sem resultados.

Dessa forma, parecerá que minha razão, arrancada de seu equilíbrio apenas por coisas banais, se assemelhava àquele rochedo junto ao oceano de que fala Ptolomeu

---

[10] Da amplitude do reino abençoado de Deus.

[11] "O filho de Deus está morto: isto é crível por ser absurdo; e, enterrado, ele ressurgiu: isto é certo por ser impossível."

Hephestion,[12] que, embora resistisse aos ataques da violência humana e à fúria selvagem das águas e dos ventos, tremia ao mero toque da flor chamada asfódelo.[13] E embora, para um observador superficial, possa parecer sem qualquer dúvida que a alteração produzida na condição moral de Berenice pela infeliz doença teria me fornecido assunto para a meditação intensa e anormal, que me dei o trabalho de explicar, de maneira alguma isso ocorreu.

Nos intervalos de lucidez de minha enfermidade, é certo que sua desventura me causava dor e meu coração se confrangia com o destroçar completo de sua suave e doce vida; eu não deixava de ponderar, com frequência e amargamente, sobre a forma miraculosa como uma mudança tão estranha havia repentinamente acontecido. Mas essas reflexões não participavam da peculiaridade de minha doença, e eram as mesmas que teriam ocorrido, sob circunstâncias parecidas, a qualquer ser humano. Fiel a suas características, minha enfermidade se ocupava das mudanças menos importantes porém mais espantosas na forma física de Berenice — na distorção singular e espantosa de sua identidade.

Durante os mais radiantes dias de sua beleza sem par, com toda a certeza eu não a tinha amado. Na estranha anomalia de minha existência, os sentimentos dentro de mim jamais vinham do coração: minhas paixões sempre foram as da mente. Das brumas do alvorecer, passando pelas sombras listradas na floresta ao meio-dia, ao silêncio de minha biblioteca à noite, ela havia esvoaçado ante os meus olhos, e eu

---

[12] Mais uma referência bibliográfica de Poe que mais parece inventada. Encontram-se vagas referências a um "mitógrafo" (alguém que registra mitos, ou que escreve a partir de mitos) chamado Ptolomeu Hephestion, que teria vivido nos primeiros séculos depois da nossa era.

[13] A flor do gênero *Asphodelus* é nativa do Mediterrâneo ao Himalaia.

a vira: não como a Berenice que vivia e respirava, mas como a Berenice de um sonho; não como um ser deste mundo, terreno, mas como a abstração de tal ser; não como algo a se admirar, mas a se analisar; não como um objeto de amor, mas como tema da especulação mais confusa e sem propósito. E agora — agora eu estremecia em sua presença e ficava pálido à sua aproximação; apesar de lamentar amargamente sua condição decaída e desolada, veio-me à mente que ela sempre me amara; e, num momento infeliz, falei-lhe sobre casamento.

Afinal, quando se aproximava a época de nossas núpcias, numa tarde de inverno, num desses dias atípicos da estação, cálidos, calmos e enevoados, desses que, dizem, nutrem o belo pássaro alcíone, eu fui sentar-me (e julgava estar sozinho) no aposento mais escondido da biblioteca. Porém, erguendo os olhos, vi que Berenice estava diante de mim.

Teria sido minha própria imaginação excitada ou a influência mística da atmosfera, o vago crepúsculo do aposento, as pregas cinzentas que cercavam sua figura que faziam seu contorno tão vacilante e indistinto? Não saberia definir. Nenhuma palavra ela disse; e eu não conseguiria pronunciar nem uma sílaba. Um frio gélido percorreu todo o meu corpo, uma sensação de ansiedade insuportável me oprimiu, uma curiosidade devastadora invadiu minha alma; mergulhando na cadeira, permaneci por um tempo sem fôlego e imóvel, os olhos fixos nela. Ai! Sua magreza era excessiva, e nenhum vestígio do que ela antes fora restara em qualquer linha de seu contorno. Meu olhar ardente afinal caíra sobre seu rosto.

A testa era alta, e muito pálida, e estranhamente plácida; e o cabelo que antes fora negro caía em parte sobre ela, obscurecendo as têmporas encovadas com inúmeras madeixas agora de tom amarelo vívido, completamente discordantes, em seu aspecto fantástico, da melancolia que lhe sobressaía no semblante. Os olhos não tinham vida, nem brilho, e aparentavam não ter pupilas; involuntariamente, transferi a visão de seu olhar vidrado para a contemplação dos lábios finos e contraídos. Eles se abriram; e, num sorriso de significado peculiar, os dentes daquela Berenice transformada se descortinaram vagarosamente à minha vista. Quisera Deus que eu jamais os tivesse contemplado, ou, mesmo tendo-o feito, pudesse morrer!

O bater de uma porta me perturbou e, ao olhar, descobri que minha prima havia deixado o aposento. Mas do aposento desordenado de meu cérebro, não havia — ai! — partido o branco e fantasmagórico espectro de seus dentes, e tampouco seria forçado a sair. Nem uma mancha em sua superfície, nem uma sombra em seu esmalte, nem uma falha em suas pontas, a não ser o que aquele breve sorriso fora suficiente para gravar em minha memória. Eu os via agora com menos enganos do que os vira então.

Os dentes! Os dentes! Estavam aqui, ali, em todos os lugares, visíveis e palpáveis diante de mim; longos, estreitos, excessivamente brancos, com os lábios pálidos contraindo-se ao seu redor como no próprio momento de sua terrível aparição. Fui tomado então pela fúria completa de minha ideia fixa, e lutei em vão contra sua influência estranha e irresistível. Entre os múltiplos objetos do mundo exterior eu não tinha outros pensamentos, a não ser os dentes. Eu ansiava por eles com um desejo frenético. Todos os outros assuntos e diferentes interesses foram absorvidos unicamente por sua contemplação. Eles — apenas eles — se apresentavam à minha visão interior, e eles, em sua individualidade única, se tornaram a essência de minha vida mental. Eu os analisava sob todas as luzes. Posicionava-os de todas as formas. Pesquisava suas características. Detinha-me em suas peculiaridades. Ponderava sobre suas formações. Meditava na alteração de sua natureza. Estremecia ao atribuir-lhes, na imaginação, poder de sentimentos e sensações e, mesmo sem a presença dos lábios, uma capacidade de expressão moral.

Foi dito, acertadamente, sobre a senhorita Sallé,[14] "*que todos os seus passos eram sentimentos*", e de Berenice eu seriamente acreditava "*que todos os seus dentes eram ideias*". Ideias! Ah, eis aqui o pensamento insano que me destruiu! Ideias! Era então por isso que eu os cobiçava tão loucamente! Sentia que apenas ao possuí-los eu poderia voltar a estar em paz, pois me devolveriam a razão.

E assim a noite caiu sobre mim — a escuridão veio, alongou-se, retirou-se, o dia alvoreceu, as brumas de uma segunda noite já se reuniam a meu redor, e eu ainda me sentava, imóvel, naquele quarto solitário; ainda permanecia enterrado na meditação — e sempre o fantasma dos dentes mantinha sua terrível ascendência, como se, com a mais vívida e horrenda nitidez, flutuasse entre as luzes cambiantes e as sombras do aposento. Aos poucos em meus sonhos irrompeu um grito como que de horror e desânimo; e em meio a isso, após uma pausa, veio o som de vozes perturbadas, entremeadas por gemidos de tristeza ou de dor. Levantei-me e, escancarando uma das portas da biblioteca, vi na antecâmara uma criada, em lágrimas, que me disse que Berenice... já não vivia. Havia sido tomada por um ataque de epilepsia de manhã cedo, e agora, ao cair da noite, o túmulo estava pronto a receber sua moradora, e todas as preparações para o funeral estavam terminadas.

---

[14] Uma famosa bailarina.

Com o coração cheio de aflição, embora relutantemente, e oprimido pelo terror, eu me encaminhei para o quarto da falecida. Era uma sala grande e muito escura, e a cada passo para dentro daqueles recintos sombrios eu encontrava a parafernália do enterro. O caixão, disse-me um serviçal, jazia cercado pelas cortinas da cama, e nele, assegurou-me sussurrando, estava tudo que restava de Berenice. Quem me teria perguntado se não queria olhar o corpo? Não vi os lábios de ninguém a se mover e, contudo, a pergunta fora feita, o eco de suas sílabas ainda permanecia no aposento. Era impossível recusar; e, com uma sensação de sufocamento, eu me arrastei para junto da cama. Suavemente levantei as negras pregas das cortinas. Ao deixá-las cair, elas desceram sobre meus ombros, separando-me assim dos vivos, e me encerraram na mais perfeita comunhão com a morta.

A própria atmosfera rescendia a morte. O odor peculiar do caixão me enjoava, e imaginei que um cheiro deletério já emanava do corpo. Teria dado tudo para escapar — para voar para longe da influência perniciosa da mortalidade —, para respirar de novo o ar puro dos céus eternos. Mas eu já não tinha o poder de me mover — meus joelhos me faziam cambalear — e permanecia enraizado ali, a fitar a assustadora extensão do rígido corpo, jazendo estendido no caixão escuro e sem tampa.

Deus do céu! Seria possível? Era meu cérebro que vacilava — ou realmente o dedo da defunta se mexia no sudário branco que a envolvia? Congelado num pavor indizível eu vagarosamente ergui os olhos para o semblante do cadáver. Tinham atado uma tira de tecido em torno do queixo, mas, não sei como, havia-se desfeito. Os lábios lívidos estavam torcidos numa espécie de sorriso e, através da sombra penetrante, mais uma vez brilharam sobre mim, numa realidade por demais palpável, os brancos, reluzentes, fantasmagóricos dentes de Berenice. Afastei-me convulsamente da cama e, sem dizer palavra, disparei como um louco para longe daqueles aposentos de multiplicado horror, de mistério, de morte.

Dei por mim sentado na biblioteca, e mais uma vez sozinho. Parecia-me ter acabado de acordar de um sonho excitante e confuso. Sabia que era meia-noite e que ao pôr do sol Berenice fora enterrada. Mas não tinha qualquer lembrança positiva ou definida desse intervalo melancólico. Contudo, alguma recordação dele estava cheia de *horror* — e um horror mais terrível pela imprecisão da lembrança, um terror mais horrível devido à ambiguidade. Era uma página temível da minha existência, totalmente escrita com reminiscências obscuras, horrendas e ininteligíveis. Esforcei-me por decifrá-las, mas em vão; e de tempos em tempos, como o espírito de um som já extinto, um lamento estridente e agudo de uma voz feminina parecia soar em meus ouvidos. Eu tinha feito algo — o que era? Eu me perguntava em voz alta, e os ecos sussurrantes do aposento me respondiam: "O que era?"

Sobre a mesa perto de mim ardia uma lamparina, e perto dela havia uma caixinha. Não era de aspecto marcante, e eu a vira frequentemente, pois pertencia ao médico da família; mas como viera parar ali, em minha mesa, e por que eu estremecia ao observá-la? Essas coisas não deviam ser levadas em conta, e aos poucos meus olhos desceram às páginas abertas de um livro, e a uma frase ali sublinhada. Eram as palavras singulares, porém simples, do poeta Ebn Zaiat: *"Disseram-me os companheiros que a visita ao túmulo de minha amiga poderia dar alívio a meu sofrimento."* Por que, então, ao atentar nelas, os cabelos em minha cabeça se eriçaram e o sangue em meu corpo pareceu congelar nas veias?

Uma leve batida na porta — e, pálido como o habitante de um túmulo, um criado entrou na ponta dos pés. Parecia louco de terror, e me falou numa voz trêmula, rouca e muito grave. O que ele disse? Ouvi apenas frases truncadas. Falou de um grito selvagem que perturbou o silêncio da noite — da reunião de toda a criadagem —, da procura efetuada na direção do som — da descoberta de um corpo desfigurado na mortalha, ainda respirando, ainda palpitando, ainda vivo!

Indicou minhas roupas — estavam enlameadas e manchadas de sangue. Nada respondi, e ele tomou de leve minha mão: estava marcada por arranhões de unhas humanas. Dirigiu minha atenção a um objeto encostado na parede. Olhei para ele por alguns minutos: era uma pá. Num grito, saltei para a mesa e agarrei a caixa que ali jazia. Mas não conseguia fazê-la abrir-se e, com o tremor, ela me escapou das mãos e caiu pesadamente, quebrando-se em pedaços. De dentro dela, num som de chocalho, rolaram alguns instrumentos de dentista, misturados a trinta e duas contas pequenas, brancas, parecendo feitas de marfim, que se espalharam por toda a extensão do piso.

Comentário

Ratos, corvos, gatos pretos, um coração que devia estar morto mas que continua batendo, e aqui, dentes — a crença popular diz que sonhar com dentes, ainda mais arrancados, é sonhar com a morte... e o que significaria sonhar com os dentes arrancados de uma morta?...

Edgar Allan Poe, muito antes de a comunicação enveredar para o cinema, a tevê e os quadrinhos, enxergava essa necessidade de a sugestão (os horrores?) dos seus contos se condensar em *imagens*, em *objetos* (ou *criaturas*), que *representem* (corporifiquem na imaginação do leitor) o Mal. Se possível, já com um lastro dessa representação no imaginário popular. Muitos autores depois dele se valerão do mesmo artifício, pura técnica de composição literária.

Há inúmeras *entradas* de abordagem para *Berenice*, muitas delas revividas em *Os dentes da Berê*, de Leo Cunha. Em ambos, uma morbidez que articula amor e morte nos devolve uma dimensão bastante popular do Romantismo, a escola literária à qual por praxe se vincula Edgar Allan Poe. A imagem do cemitério como o lugar de reunião de apaixonados (sejam ambos mortos, sejam um morto e o outro vivo) que a vida separou é um clichê da literatura mais popular da época. Assim, se Egeu não possui Berenice em vida, possuirá o seu dom mais belo, seus dentes, depois da morte dela. A obsessão o enlouquece e o faz cometer a blasfêmia mais ignominiosa — a profanação de um cadáver, com claro ímpeto sexual envolvido. Mas, afinal, tudo isso vem como consequência da pulsão amorosa, diante da qual amor e morte (Eros e Tanatos), entidades semelhantes, são forças igualmente destruidoras.

Se o tom trágico, alucinado, do conto de Poe se transforma em humor em certos momentos (ou até certa altura) na recriação de Leo Cunha, nem por isso o final (Poe, como já se frisou, dá extremo valor aos desfechos de seus contos) de *Os dentes da Berê* é menos desolador. Lá, a solidão de um amor que levou à perda da sanidade; aqui, toda a sina do espírito sem descanso, condenado a vagar sem fim, a repetir atos de uma vida que já não tem. Afinal, ele também profanou enterros (ou velórios) e cadáveres. A expressão *alma penada* (que paga uma pena), tão popular, ganha aqui pleno significado.

E mais, o final de *Os dentes da Berê* não apenas surpreende o leitor, como queria Poe com seus *desfechos*. O conto inteiro, a começar pela compreensão de quem é esse *papa-defunto* que nos dirigiu a palavra, é ressituado, a partir desse final. Temos de relê-lo, revê-lo. Aqui, a técnica de isolamento do narrador-personagem e da narração em primeira pessoa — que nos impõe ter acesso a somente *uma* versão da história, e no caso uma versão parcial, comprometida, ou mesmo, se quiserem, deturpada pela visão e pelo *jeito de ser* (ou situação) deste peculiar personagem — nos deixou totalmente despreparados para a revelação que causa o impacto devastador no protagonista da história. Só então ele se dá conta do que aconteceu e do que ele *apagou* dos acontecimentos no velório da Berê.

Afinal, se aquele que nos narra (um tipo de *defunto-autor*) a história não sabe parte dela, e conta somente o que sabe, como poderíamos *nós* sabermos a *história inteira*?

Como não sermos ludibriados? Como duvidarmos de que a versão (única narração de que dispomos, já que o isolamento do narrador — sua condição de *morto* — elimina o confronto com outras versões) seja o *todo*?

Ou ainda: será que existe uma história *inteira*?

Assim, arriscando um pouco mais nessa arte de contar histórias, pode a literatura (e talvez a própria vida) ser uma *história inteira*? A literatura não será sempre a transmissão (para o leitor) de um ponto de vista, uma versão, que será tanto mais consistente quanto mais capacidade (por meio de técnicas de *contação,* ou de composição de tramas, personagens etc.) tiver de convencê-lo de que *é* a história inteira?

Concretizando: quem iria ver esse golpista, esse papa-defunto malandro, oportunista, que se apresenta a nós com toda a sua displicência, até por conta desse seu alheamento, como um trágico espírito cumprindo, ali mesmo, enquanto nos conta essa história jocosa, sua condenação? Em que momento alguém suspeitou de que fosse um pobre espírito perdido incapaz de discernir o que é vida e o que é absoluta e escura solidão? Ou, em palavras diretas, um espírito que não sabe ainda que seu corpo físico morreu?

Muitos romances, e não necessariamente com esse viés de terror, foram escritos e têm como maior brilho justamente a ambiguidade da voz narrativa — esse confronto entre a versão (do personagem-autor) e o Todo (se é que existe esse *poderoso-Todo*). Pode haver vários modos de nos fazer crer que o personagem que nos conta a história (mas poderia ser também um narrador dissimulado, transparente, o clássico, em terceira pessoa) está a nos contar *a* história, e não *a sua versão* da história. Toda a discussão em torno de autores tão diferentes quanto Henry James (1849-1916), de *A volta do parafuso*, e Machado de Assis, de *D. Casmurro*, tem como um de seus aspectos esse exame sobre *o poder de narrar*, que Poe desenvolveu como um artifício, um ato de prestidigitação para encantar seus leitores.

CORTINA

LUIZ ANTONIO AGUIAR

Recriando
A carta roubada

COM o título *The Purloined Letter*, este conto foi publicado na *The Gift: A Christmas, New Year's and Birthday Present* de 1845. Seria a última aparição do personagem Auguste Dupin, um detetive amador residente em Paris, que espantava a todos, principalmente à polícia local, com sua capacidade de observação, dedução, sua cultura e seus conhecimentos científicos. Quem encontrar semelhanças com Sherlock Holmes, de Conan Doyle, surgido em 1887, não estará vendo coisas — tanto que Sherlock se viu na obrigação de responder (em *Um estudo em vermelho*, a estreia de Holmes) a seu *coadjuvante a tiracolo*, Dr. Watson, sobre as semelhanças de seu *modus operandi* com o de Dupin. Assim, não é à toa que Poe, por força da sua série de mistério, seja apontado como pioneiro na moderna literatura policial.

Poe alcançou grande sucesso já na estreia de Dupin, em *Assassinatos na rua Morgue* (1841). Sobre sua recriação, em *Cortina*, Luiz Antonio Aguiar comenta:

Quando surgiu a oportunidade de homenagear Poe, nesta antologia, pensei logo em dar preferência à série de contos policiais. Isso porque para mim a literatura policial é um gênero no qual esse diálogo/disputa entre o autor e o leitor passa por tantos truques, tantos ardis, que acaba sendo um dos domínios mais mágicos da arte da composição literária. E mais, escolhi *A carta roubada*, o último conto que Poe escreveu nessa série, porque é nele que entra em ação mais explicitamente toda a técnica dos *policiais* de Poe, não só a composição do personagem Auguste Dupin, mas o papel desempenhado pelo *amigo* que nos conta a história e para quem Dupin explica como chegou a suas deduções, e à própria solução do mistério — semelhante ao Dr. Watson de Conan Doyle e outros —, um personagem com a função fundamental de permitir ao leitor que *reconstrua* o passo a passo do raciocínio prodigioso do detetive protagonista. São elementos como esses que fizeram de Poe, e de seu Dupin, uma fonte obrigatória de tantos escritores. *Cortina* é um conto que não poderia existir se não houvesse existido antes um Edgar Allan Poe.

Cortina

Luiz Antonio Aguiar

TEATRO
CAIXA DE PANDORA
APRESENTA

A CARTA ROUBADA

DO CONTO DE
EDGAR ALLAN POE

ADAPTAÇÃO: VITÓRIA ZILBROWSKI
ELENCO:
AUGUSTE DUPIN — MAURÍCIO VARGAS
SR. D... — BERNARDO GUEDES WARWAR
INSPETOR G... — FERNANDO ESTRELA

DIREÇÃO: VITÓRIA ZILBROWSKI
ASSISTENTE DE DIREÇÃO: MUNA FERREIRA
ESTREIA EM BREVE

**Estreia da peça: o teatro lotado vê de repente o
protagonista, o astro adolescente Maurício Vargas,
totalmente fora de controle, deixar de lado seu
papel — como o detetive Auguste Dupin —, correr
até a boca do palco e gritar para o público:**

— Não é minha culpa! Vocês têm de acreditar Não é minha culpa! Mas eu sabia que ia sair uma lambança dessas! Eu avisei!

— Cortina! — berra Muna, saltando dos bastidores e pulando em cima do garoto. — Cortina, rápido!

(No gabinete de trabalho da casa de D... Ele e Dupin estão sentados em poltronas confortáveis, em primeiro plano, na lateral do palco. A grande mesa de trabalho de D... está em destaque no cenário, no centro. Dupin tira do bolso do paletó uma cigarreira, e desta, uma cigarrilha; deixa a cigarreira sobre o braço da poltrona.)

SR. D...
> Ah, Dupin, Dupin. É sempre um prazer receber suas visitas. Mesmo sendo tão... raras. (Solta uma risadinha.) Sabe que às vezes chego a pensar que você guarda algum ressentimento contra mim?

(Dupin se levanta e dá alguns passos em volta. Parece que está examinando os livros nas prateleiras.)

DUPIN
> Ressentimento contra você? Ora, por que acha isso, meu caro?

Uma semana antes da estreia: ensaio
da peça *A carta roubada*

— Não, não, por favor, Maurício — diz Vitória, impaciente. — Não breque diante da mesa. E não a olhe... tão assim... de um jeito tão evidente. Tem de ser sutil! De passagem.

No palco, todos param. Maurício, irritado, arrasta a mão sobre a mesa, jogando com toda força o porta-cartas, que estava ali em cima, no chão. As cartas se espalham.

— Mas que saco! — exclama. — Não aguento mais. Eu é que sei como é que tenho que representar esta cena. Vocês são um bando de amadores e eu...

— ...sou um *profissional* da tevê! — antecipa-se Muna, bem baixinho, balançando a cabeça, desolada. Afinal, fora ela quem trouxera aquela figura para interpretar o personagem principal da peça, Dupin, o detetive criado por Edgar Allan Poe. E, mais ainda, estava saindo com ele... Talvez fosse até *namorada* dele, se bem que disso não tinha certeza... — Imbecil! — murmura a garota, e agora estava xingando a si mesma.

Ao seu lado, Vitória respira fundo, antes de falar. Muna repara, preocupada, que as mãos de sua mãe recomeçaram a tremer.

— Maurício, por favor... por favor *mesmo*. Entenda... Você não pode parar aí porque, se fizer isso, a plateia vai notar, e nessa hora vai desconfiar que a carta roubada está sobre a mesa.

— Mas a droga de carta *está* em cima dessa droga de mesa... *dona diretora*. Esta é uma cena importante. Eu sinto... uma coisa forte aqui! Por isso, tenho de marcar bem minha movimentação. Isso é técnica, sabia? Eu fiz um curso de dois meses de interpretação!

— Só que... — insiste Vitória, controlando-se. O ensaio está particularmente difícil, nessa tarde. Ou melhor, a grande dificuldade de todos os ensaios, desde que o grupo começara a se reunir, é que estava particularmente difícil, nesta tarde, e tinha nome: era o astro-adolescente, que havia participado de uma novela na tevê havia um ano e, de lá para cá, aparecera pingado em quadros de programas populares da emissora. Seu nome artístico era Maurício Vargas. Vitória prosseguiu: — ...neste momento, queremos manter a plateia intrigada, lembra? Eles ainda não conhecem a solução do mistério, o grande mistério dessa história toda, que é onde diabos o Sr. D... escondeu a carta roubada. Várias turmas de investigadores da polícia revistaram a casa, na ausência de D... Inclusive este gabinete, onde está acontecendo essa conversa. E não encontraram nada. Faz um ano e meio que tentam inutilmente recuperar a carta. O Sr. D... está fazendo a todos de idiotas. Mas aqui temos Auguste Dupin, o grande detetive, e ele tem uma teoria. Tem uma pista de onde ou de *como* a carta está escondida. De como D... a esconderia e por que esses agentes da polícia, apesar de tão treinados em assuntos secretos de Estado, não a encontraram. A plateia já sabe de tudo isso, só *não pode* saber *onde* está a carta. Essa é a grande surpresa do final da peça. E nesta cena, então... então...

Maurício acabara de virar as costas para Vitória, com uma risadinha desdenhosa. Muna se levanta para recolher o porta-cartas e as cartas do chão, mas Natural, surgindo dos bastidores, chega antes dela.

— Deixa, Muna, deixa... — sussurra o garoto magro, sempre usando seu boné invertido. Logo, ele cata tudo e arruma a mesa como estava antes da espanação temperamental do astro da peça.

Muna já voltou para junto da mãe, num dos cantos do palco, de onde Vitória dirigia o ensaio, ambas sentadas em cadeiras dobráveis de metal — tipo cadeiras de botequim. A garota tem uma prancheta na mão, e passa o tempo todo anotando as providências que a mãe lhe pede para tomar, além de um ou outro detalhe que ainda falta na produção. Vitória se levanta, arfando, tremendo mais ainda, e avança alguns passos, pouco firmes, até Maurício.

— Então... — continua Vitória. — Eu ainda não terminei, Maurício!... Então... Em que pé estamos aqui? Queremos que a plateia *depois* se lembre que *de fato* Dupin percorreu o gabinete de D... inteiro e passou os olhos por tudo. E que havia, *de fato*, uma mesa de trabalho nesse gabinete. Ninguém na plateia vai se perguntar se *Dupin* se deteve *de fato* junto dessa mesa. Vai ter gente que vai jurar, *depois*, que Dupin deu uma paradinha suspeita ali. Vai ter quem diga que, por causa disso, desconfiou *na hora*. Faz parte do jogo, da cena, do teatro da coisa. Mas não queremos que ninguém *de fato* desconfie. Não *agora*, entende? Ou o segredo da peça se estraga! A peça se estraga!... Por isso você não pode parar. Olhe para a mesa como se fosse a parede, ou o teto, nada de mais. Nada... entende? Nada!

— Ok! Ok! Chega! — resmungou Maurício, interrompendo-a e recuando à marca anterior, para refazer aquele trecho da cena. — Mas para de falar, tá? Não estou aqui para aturar aulas de teatro de vocês. É só o que faltava. Aliás, Vitória, já percebi... quando você começa a falar tanto assim, se entrega, sabia? Não está na hora de tomar umazinha...? Não sei o que você bebe, mas... tá na cara que está precisando de um reforço. E depressa!

Todos ficam paralisados, mudos, com somente os olhos correndo, sobressaltados, de Vitória para Maurício, de

Maurício para Vitória, como se fosse evidente que os dois iriam se atracar. Bernardo, que interpreta o Sr. D..., finalmente consegue fazer uma metade de gesto, como se fosse segurar o ombro de Maurício, talvez puxá-lo, lhe dar um safanão, mas nos três segundos de hesitação que o garoto tem, o impulso se dispersa, e ele se retrai, sem ação — e que raiva teria de si mesmo depois, por causa disso! Entretanto, bastou a menção do gesto para Muna lhe lançar um olhar agradecido, que Bernardo percebe. O rosto do rapaz fica vermelho. O rosto dos dois fica vermelho.

Vitória fala, afinal, num fiapo de voz, sufocada:

— Podemos voltar pro ensaio?

Maurício solta outra risadinha, e já nem tanto de deboche — a tensão súbita havia pesado sobre ele, também. Não diz mais nada, então, e posiciona-se para retomar a cena...

DUPIN
> Ressentimento contra você? Ora, por que acha isso, meu caro?

SR. D...
(Irônico.)
> Você sabe ao que me refiro.

DUPIN
(Pausa, trocam um olhar, Dupin sorri.)
> Talvez eu saiba.

SR. D...
(Estendendo a mão para Dupin.)
> E daí? Sem ressentimentos?

DUPIN
(Entusiasticamente retribuindo o cumprimento.)
Mas claro. Vou me despedindo, então, D.

(Esmaga a cigarrilha num cinzeiro.)

E dessa vez não vou demorar tanto a repetir a visita.

SR. D...
Sim, por favor, volte em breve, Dupin. Você é uma dessas inteligências que tornam a conversa sempre desafiante!

DUPIN
Contanto que não se transforme em duelo, meu caro!

SR. D...
(Sorri, sem saber até que ponto Dupin está somente brincando...)
Até a próxima, então!

(Os dois sorriem, ainda, e se encaram, enfrentando-se sem palavras; um dá tapinhas no ombro do outro; depois, Dupin pega seu chapéu e casaco num cabideiro e, com mais um sorriso amistoso, se encaminha para a porta.)

CORTINA

Cinco dias antes da estreia

— Muna... — A garota tenta escapar, penetrando mais ainda nos bastidores, mas Bernardo a alcança e, com gentileza, a puxa pelo ombro. — Você está bem?

— Dá pra me deixar em paz?

— Por que você está... chorando? — A garota baixa a cabeça, envergonhada, sem responder. Bernardo arrisca: — Sua mãe...?

Muna solta um gemido, muito baixo, quase inaudível, e balança a cabeça.

— Tá bem... — diz Bernardo. — Se não quiser falar nisso, não precisa.

— A Vitória está fechada na salinha dela, ali nos fundos. Desde de manhã. Não saiu para almoçar... não apareceu pra ninguém hoje.

— Desde de manhã? — Muna assente com um lento e triste balançar de cabeça. Faltam dez minutos para as seis, hora marcada para o início do ensaio. — Você acha que ela está...?

— Bebendo... — a garota contrai o rosto. Dizer aquilo a faz sentir uma fisgada no peito. — Ontem, aqueles caras voltaram... O pessoal a quem ela está devendo dinheiro. Agiotas! Querem o teatro. Vão fazer o quê com um teatro?

— Demolir... vender o terreno... para um... desses prédios comerciais pequenos, de luxo... aqui é bem valorizado...

Muna olha para o garoto, horrorizada.

— Minha avó construiu este teatro. Eu... nasci aqui... bem aqui — apontou o assoalho de tábuas. — Minha mãe, de teimosa, entrou em cena já em trabalho de parto. Esses caras...! — Muna é interrompida por um soluço. Bernardo a abraça.

— Você... — arrisca o garoto — não conversa sobre essas coisas com o Maurício, não é?

Muna se solta do abraço e demora alguns segundos para responder, olhando fixo nos olhos de Bernardo.

— Para ele chamar a minha mãe de bêbada de novo?

— Ele está um bocado assustado. Dá na vista. Com tudo isso, a peça... É a primeira peça dele, não é? Daí, essa insegurança e... tudo o mais.

— Ô, Bernardo, não é sua primeira peça também? — provoca Muna.

— É diferente. O Maurício fica pensando na carreira dele. No nome dele... Eu... não sei ainda o que eu quero fazer. Pode até não ser nada dessa coisa de artista...

Muna fica olhando para o garoto por alguns instantes, e depois diz:

— Nosso astro, Maurício Vargas, inseguro? E com medo do palco...? Experimenta jogar isso na cara dele! Aliás, você sabe que esse não é o nome de verdade dele, não sabe?

— Maurício Vargas soa bem pacas! — responde Bernardo.

Os dois trocam um sorriso. Muna mete a cabeça entre as cortinas e grita:

— Natural! Ô, Natural!

O garoto surge sorridente da lateral da plateia.

— Chama o pessoal todo — diz Muna. — Vamos começar. Eu é que vou dirigir o ensaio. A Vitória já passou comigo as cenas de hoje. Ela está ocupada, resolvendo... Está ocupada, só isso. Chama todo mundo.

— É pra já! — responde Natural, e some, nos fundos da plateia.

CORTINA

(Na sala de *Dupin*. Ele vai entrar, voltando da casa do Sr. D..., e um aflito inspetor da polícia secreta, o Inspetor G..., aguarda por ele. A cena começa com G..., nervoso, andando de um lado para outro, até que o empregado vai abrir a porta.)

INSPETOR G...

Dupin! Homem, você demorou séculos!

DUPIN

(Sorrindo, quase debochado.)

Na verdade, foi uma ausência de três horas apenas. O tempo de ir até lá e fazer uma visita benfeita.

INSPETOR G...

Então, e a carta?

DUPIN

Vamos recapitular tudo primeiro, meu amigo. Mas, adianto-lhe... Confirmei minhas suspeitas. Já *sei* onde D... escondeu a carta.

INSPETOR G...

Sabe? Onde? Diga logo, Dupin... Você está ciente do que está em jogo.

DUPIN

Por isso mesmo, insisto. Vamos recapitular tudo... Então, se o segredo daquela dama, cujo nome não quero mencionar, se tornar conhecido, temos uma crise nacional nas mãos. E tudo está nessa carta, que foi roubada por D..., um ministro de Estado, dos aposentos da referida dama, no palácio real. Agora, o Sr. D... está usando a carta para chantagear essa senhora e conseguir cada vez mais poder... E você e seus agentes varreram várias vezes a casa de D... sem encontrá-la.

INSPETOR G...

Várias vezes. Sempre que o senhor ministro saía e deixava a casa sem os empregados. Aliás, fez isso com frequência.

DUPIN

Como se convidasse vocês a revirarem tudo por lá.

INSPETOR G...

Ora, Dupin. Ele não desconfia de nada. Garanto que meus homens não deixaram sinal algum de sua passagem.

DUPIN

É o que você pensa de fato, meu caro? Que D... não sabe que a polícia secreta andou por lá...? (Dupin dá uma risadinha.) Que não percebe o que *eu* fui fazer lá? O Sr. D..., nosso adversário, é uma das maiores inteligências deste país. Uma inteligência do Mal, sem dúvida, mas tão poderosa que me enganou há cerca de um ano, num outro caso.

INSPETOR G...

É mesmo? E o que foi?

DUPIN

Não posso revelar. Mas lhe garanto que quase perdi a vida, então. Mesmo assim, é como se fôssemos jogadores disputando uma interminável partida de xadrez. Temos relações muito cordiais, e tenho certeza de que ele previu que o senhor me chamaria, inspetor, depois que esgotasse seus recursos.

INSPETOR G...

Bem, se é assim, talvez a carta não esteja na casa. Pode ter sido mandada para o exterior, para maior segurança de D... Foi por isso que você não a trouxe, não foi, Dupin?

DUPIN

Oh, não, Inspetor. Não tente adivinhar nada. Esse é um método de investigação que jamais leva a coisa alguma. Por favor, me descreva de novo tudo o que seus homens fizeram. Os móveis foram examinados...?

INSPETOR G...
(Soando ofendido.)

Mas certamente, Dupin. Sabemos que pernas ocas de mesas são utilizadas como esconderijo de documentos e outros valores. Vistoriamos também os estofados. E os quadros e os espelhos, checando se não havia nada escondido entre as tábuas e o vidro, assim como as cortinas e os tapetes. Examinamos com microscópio as juntas de cola dos móveis, para ver se haviam sido refeitas recentemente. Buscamos vestígios de poeira no chão, percorremos todos os rodapés e frisos. Só nesse gabinete em que o ministro o recebeu, gastamos um número de horas incontável! Eu próprio estive ali diversas vezes conduzindo as buscas, e nada. É realmente muito esquisito.

DUPIN

Bem, é exatamente nesse gabinete que a carta se encontra.

INSPETOR G...
(Arriando na poltrona, desolado.)
Não é possível!

DUPIN

Ora, pensei que você ficaria feliz por eu tê-la achado... Ou tudo o que queria era alardear para os seus chefes que seu fracasso não poderia ser tão grande, se o próprio Auguste Dupin não conseguira resultado nenhum no caso?

(O inspetor se cala, pigarreia, gagueja. Dupin retoma a conversa.)

É como lhe disse antes, G... Vocês procuraram em todos os lugares onde a carta estaria *escondida*. E *bem* escondida. Exatamente o que o ministro sabia que fariam. Mas e se ela *não* estivesse escondida? E se estivesse *à vista*, absolutamente evidente, um objeto perfeitamente encaixado no ambiente, a ponto de ninguém desconfiar, e de nenhum de seus investigadores reparar nela?

INSPETOR G...
(O inspetor está com o rosto avermelhado, como se engasgado com algo.)
Bem, daí... Que vá tudo para o raio que o parta! Nossas técnicas de busca, nossos detetives especialistas, eu próprio! Não sei o que dizer!

(Pausa. Então, ele arregala os olhos para Dupin, mudando seu tom de voz para uma súplica.)

Você encontrou mesmo a carta?

DUPIN
É o que estou tentando lhe fazer crer, homem! Mas... Ora, você está bem? Quer que peça para lhe trazerem um copo de água?

INSPETOR G...
(Desengasgando-se.)
Para o diabo a água também. Passe para cá a carta.

DUPIN
Ora, inspetor. Eu não a trouxe. Deixei-a exatamente onde estava.

INSPETOR G...
Você o quê?

DUPIN
O que queria, Inspetor? Que a pegasse e fugisse correndo? D... tem muitos seguranças armados em sua casa. Eu não sairia vivo de lá. Tenho certeza de que

a esta hora está comemorando consigo mesmo, pensando que me enganou com o mesmo truque que usou com você e seus investigadores...

INSPETOR G...

Com o mesmo truque com que nos fez de idiotas, é o que você quer dizer.

DUPIN

Creio que você mencionou uma recompensa, que essa senhora a quem todos queremos proteger ofereceu pela recuperação da carta.

INSPETOR G...

Uma bela recompensa. Cinquenta mil francos.

DUPIN

Pode trazer o cheque a esta mesma hora, amanhã. E eu lhe darei a carta.

INSPETOR G...

Dupin... Trata-se de um assunto sério. Essa brincadeira entre você e o ministro...

DUPIN

Ah, sim, tenho uma questão em aberto com ele. Mas não se preocupe, Inspetor. Amanhã, o senhor terá a carta nas mãos. Seus problemas com esse caso terminaram.

CORTINA

Dois dias antes da estreia

— Patrocínio? — exclama encantada Muna. — Diz de novo, mãe. Por favor?

— *Se...* Ouça bem, condicional: *Seee...*

— Não, essa parte, não. Fala de novo da grana que vai salvar o nosso teatro.

— *Se...* tudo sair bem na estreia. Sabe, minha fama de bêbada se espalhou um bocado.

— Mãe, não fala assim. Você tá se segurando.

— Você sabe que isso é mentira.

— Mas vai se segurar, promete? Até a estreia.

— A gente está apostando tudo nessa estreia. Não sobrou mais nada. Pedi tudo o que podia pedir emprestado. Botei toda a grana nessa peça... para provar que o nosso teatro pode continuar.

— Mais do que continuar! Ter público. Fazer sucesso. Você sempre teve sorte com o Poe, mãe.

— Não fala essa palavra, menina!

— *Sorte...*? Ih, me distraí. Esqueci que a gente não pode dizer...

— Não fala! Não dá *certo* falar. A gente no teatro diz...

— Eu sei, merda.

— Isso, a gente diz: *merda!*

— Não, eu quis dizer... Ah, o que importa é que essa sua adaptação do Poe ficou demais! E essa sua ideia de dirigir um espetáculo para o público jovem, então? A garotada adora policiais. Todos os meus amigos, todo mundo adora! Você é um gênio, mãe.

— Se eu fosse um gênio tinha descoberto um jeito de colocar alguém conhecido na peça sem você precisar estar namorando esse babaca. Como você aguenta?

— Não tem nada a ver uma coisa com a outra, mãe.

— Jura, Muna? Não é só pra... pra gente ter alguém famoso no elenco?

— Ele é muito menos famoso do que pensa que é.

— E que tal alguém que aceitasse receber pela bilheteria? Sem cobrar no período de ensaio?

— Mãe, eu ia estar quase sendo prostituta se fosse só por isso, não ia?

— ...

— Juro que não é isso. Ele é... legal. Bonitinho...

— ...

— Mãe... um patrocínio! Tá vendo? É só o que tá faltando.

— *Se* tudo sair bem na estreia. O pessoal deles vai estar assistindo.

— Vai dar para cobrir as despesas?

— Mais do que isso.

— Não brinca...

— E com a peça em cartaz, daqui a pouco a gente começa a pagar as dívidas, também. Muna...!

— Vai dar certo, mãe.

— Tô com medo.

— É a estreia chegando.

— Não. Medo de mim. De fazer merda.

— Mãe...

— Diz que eu não vou fazer merda. Preciso que você diga. Até pra eu conseguir aturar esse babaca no ensaio. Diz, por favor.

— Você não vai fazer merda, mãe.

— Que bom. Então, vamos pro ensaio? Tá na hora. Ei, Muna...

— Que foi?

— *Merda* pra você.

— *Merda* pra você também, mãe!

CORTINA

(O Sr. D... está em seu gabinete. Ouve-se a campainha da porta. Ele, intrigado, olha para a porta do gabinete... Entra Dupin.)

SR. D...
Não acredito. Duas vezes em dois dias. Vou mandar abrir uma champanhe.

DUPIN
Não, por favor. Não é uma visita desta vez. Esqueci minha cigarreira aqui ontem... (Vai até a poltrona, pega a cigarreira.) Está vendo? É de estimação. Já vou indo.

SR. D...
De jeito nenhum. A champanhe é pra valer. Vou chamar o empregado para nos servir.

(Puxa uma corda junto à parede. Nesse momento há uma explosão lá fora, e ele se encaminha para a janela. Dupin, em passos rápidos, se aproxima da mesa.)

Véspera da estreia: ensaio geral de *A carta roubada*

— Não está certo. Não está. Tô sentindo isso desde o começo. Essa sua cena... tudo errado. Está diferente demais do original.

Vitória se levanta de sua cadeira, apoia as mãos na cintura por um instante e diz:

— Maurício! A gente já não teve essa discussão... pelo menos dez vezes? É claro que há diferenças do original. Por isso que se chama *a-dap-ta-ção*. São necessidades de colocar um conto numa forma que seja... *vibrante*... para teatro! Aqui, por exemplo, se você tivesse de trocar *mesmo* os envelopes...

— Daí ia sentir a cena mais real!

— *Garoto*...

— Como é, sua pinguça?

Vitória respira fundo...

— Maurício, escute. O que é real e o que não é não é importante. Teatro não tem de ser real. Tem de convencer que é.

— Ah, nem vem! Já engoli muita besteira aqui. Olha só essa cortina, que abre e fecha toda hora. No meu curso de interpretação profissional aprendi que cortina só fecha em mudança de ato.

— Não tem regras fixas, Maurício — diz Vitória, tentando soar como uma babá compreensiva diante de um menino mimado, malcriado, um peste clássico. — Aqui é uma questão de pontuação, de ritmo entre as cenas.

— Você já me disse isso. Mas agora foi demais. Suas invenções estão atrapalhando minha interpretação nessa cena. Não consigo... transmitir verdade! Fico tentando andar naturalmente no palco, me posicionar, dizer diálogos, e soa falso!

"Não será porque você não sabe não ser falso no palco?", pensa Muna.

E Maurício continua, cada vez mais alterado:

— No original, Dupin nesta cena trouxe de casa um envelope, escondido no bolso do paletó, que é a cópia exata daquele que tem dentro a carta roubada. Daí, ele vai até a mesa e troca os envelopes.

— Acontece que Poe resolve isso no conto com Dupin contando a um amigo como fez a troca. Em três linhas. Aqui, a gente tem de fazer a cena da troca *acontecer*, e diante da plateia. Ou melhor, a gente tem de fazer a plateia ver uma troca. Ou melhor ainda, sem saber que viu, mas *achar*, *depois*, que viu, quando estiver refazendo a cena... Porém isso mais à frente. Na hora, aqui, a plateia ainda não sabe que está sendo feita uma troca. Só percebe que alguma coisa aconteceu. Tudo tem de ser muito rápido. Se você, na cena, parar diante da mesa e tiver que tirar o envelope do bolso, depois posicioná-lo como estava o original e fizer a troca de verdade, vai demorar demais. A plateia vai sacar tudo, e ainda não é hora disso. O público ia ter tempo até para pensar: puxa, bem conveniente o tal ministro D... ficar de costas esperando o Dupin fazer tudo isso. E pode até acontecer de você se enrolar por causa da pressa e deixar o porta-cartas cair, ou algum desastre desses que arruíne a cena. Não, nada disso. Melhor é você não ter nada no bolso, nem trocar de verdade. Só mímica, entende? O que a plateia tem que ver é você chegando junto da mesa, ficando um instante de costas para o público, mas logo se virando outra vez. E só depois a plateia vai *saber* que, nessa hora, uma troca foi feita. Mas isso quando você descrever a cena, já em sua casa, às gargalhadas, comemorando sua vingança contra D... E com o cheque de 50 mil francos na mão. E com o inspetor segurando o tal envelope, entre agradecido e invejoso das suas habilidades. Mas, para chegar lá, esse movimento em cena tem de ser perfeito. Um segundo. Uma ilusão. Um passe de mágica. Se não for *de mentira* não convence que é *verdade*.

— Isso é que é teatro, sabia? — dispara Muna, não conseguindo mais se conter diante da expressão cínica do garoto. — Com a Vitória, que tem anos e anos de batente no palco, a gente tem aqui a chance de aprender um bocado sobre essa coisa toda. Inclusive você... se não for tão burro como está começando a parecer!

— Como é que é? — grunhe Maurício.

— Resumindo: chega de criar problema, Roberval! — rosna Bernardo, voltando dos bastidores.

A decisão do garoto, tão estranha, nele, teria espantado a todos se algo ainda mais chocante não houvesse ocorrido: pela primeira vez, em meses de ensaio, um nome proibido fora pronunciado.

Roberval... Escutar seu nome dito de modo tão impudico faz Maurício Vargas cambalear. Por um instante, há faíscas no ar. Então, o astro adolescente, recuperando-se, diz, disfarçando o constrangimento:

— Tá... Mas já sei que vai dar uma meleca, não vai funcionar! A responsabilidade é de vocês. Mas eu faço. Não vão dizer por aí que não sou profissional, que saboto a direção, não! Então, não tenho nada no bolso do paletó... é só fingimento... eu só finjo que faço a troca?

— Isso mesmo! — diz Vitória. E todos retornam às suas marcas.

SR. D...
> De jeito nenhum. A champanhe é para valer. Vou chamar o empregado para nos servir.

(Puxa uma corda junto à parede. Nesse momento há uma explosão lá fora, e ele se encaminha para a janela. Dupin, em passos rápidos, se aproxima da mesa.)

[**Maurício**: somente mímica: faça bem rápido esse trecho da cena, finja que faz a troca e se afaste logo da mesa, para o Sr. D... não desconfiar // **Vit.**]

Manhã da estreia

— Não tô nem aí para os Estados Unidos. Não tô nem aí para essa bolsa! — esbraveja Muna.

— Mentira — dispara Vitória. — Tá querendo enganar a si mesma? Porque *eu* sei que esse sempre foi seu sonho. Estudar teatro, lá nos States. Ainda mais agora, que o Bush está aposentado. E você com uma bolsa integral, Muna, o que é isso? Não vou deixar você perder uma oportunidade dessas.

— Como, assim, não vai deixar? Não sou uma garotinha que...

— Mas está agindo como garotinha. Como criança! Acontece que eu sei por que você está dizendo que não vai.

— O Caixa de Pandora é meu teatro também. Eu nasci aqui!

— Que papo antigo, Muna.

— Eu quero levantar *nosso* teatro. É isso. É só isso. Se a peça der certo... e vai dar!

— Se a peça der certo, você ainda e sempre vai ter uma mãe problemática. Muna, você não pode pendurar sua carreira em alguém... como eu. Não dá para confiar em mim. Essa é a verdade!

— Não diz isso, mãe. Não diz!

— Sem choramingar, garota! Imposte sua voz, por favor! E levanta esse nariz...! Assim. Agora escute... Imagina como eu vou me sentir se você jogar pro alto essa chance por minha causa. Como é que eu fico, sabendo que a minha filha ganha uma bolsa boa dessas e não aproveita por medo de me deixar sozinha?

— Não é nada disso. Não gostei da arrogância dos caras, foi isso.

— Que arrogância que nada. Eles pediram uma cena gravada, com seu trabalho de direção, dessas que você fez aos montes na escola de teatro. Pediram mais... o currículo. E só. Daí, lhe deram a bolsa. Que arrogância? Você... — Por um instante, Vitória olha bem dentro dos olhos da filha. — Você nunca imaginou que podia ganhar, não é? Que no meio de tantos candidatos eles iam escolher você. Muna, você não sabe o quanto é boa. Minha bruxazinha querida!

Muna desarma os braços, os lábios tremem, os olhos ganham brilho de lágrimas, e ela diz, num sussurro:

— Eu... aprendi... tudo com você.

— Então, me dê uma coisa para eu me orgulhar. Faça bom uso do que eu lhe ensinei... Vá!

— Eu... não posso!

Uma pausa, alguns segundos se olhando, e as duas se abraçam, chorando de soluçar.

(Às costas de D..., Dupin está parado junto da mesa de trabalho. Sr. D... continua na janela. Muita gritaria do lado de fora.)

SR. D...
> Parece que tem uma briga, ou algo assim, ali embaixo, na rua. Acho que um tiro foi disparado.

Noite da estreia, bastidores, logo antes da cena acima...

Era para ser um beijinho de boa sorte (*merda*), antes da última cena do Bernardo. Somente um selo, rápido, bem de leve. Só que agora é impossível dizer quem agarrou quem, quem começou a se apertar contra o outro, quem abriu a boca, quem meteu primeiro a língua, e aquelas mãos, um espremendo o outro, tudo misturado àquela tontura, àquela zoada que desligou tudo em volta...

— Que sacanagem é essa?

Os dois se desgrudam, ainda zonzos, e demoram alguns segundos até se darem conta de que era Maurício, ali junto deles, falando baixo — até mesmo para a plateia não ouvir —, mas a voz cortante, o rosto vermelho, prestes a explodir de ódio...

— Mas que legal! Quer dizer que minha namorada e esse idiota que pensa que é ator ficam aproveitando os intervalos entre as cenas para ficar se agarrando!

— Não é nada disso — protesta Bernardo. — A gente...

— Peraí, Bernardo. Negar pra quê? A gente estava no maior amasso! Verdade! — diz Muna, também com raiva. — E sobre essa história de ser sua namorada, Maurício, acho que você já *viu* que não sou mais, né?

Maurício fica um instante paralisado, sem ação, e então, grunhe:

— Depois a gente resolve isso! Seus... amadores!

Muna prende o riso. Bernardo toma fôlego e entra em cena, logo depois de a cortina se abrir. Maurício fica encarando Muna, que nem por um segundo desvia o olhar. Soa a campainha — que é a campainha da casa do Sr. D... —, anunciando a chegada de Dupin. Um segundo, dois, três, Maurício cerra os olhos, torna a abri-los e, agora sem olhar Vitória, entra em cena com um sorriso, pronto para apertar a mão do Sr. D...

Nos bastidores, Muna escuta a voz de Bernardo dizer a fala — "Não acredito. Duas vezes em dois dias. Vou mandar abrir uma champanhe". Logo a garota corre para cumprir sua função nessa cena. Para junto da parte dos bastidores para a qual se abrirá a janela do gabinete, quando D... chegar àquele ponto. Então, leva o dedo ao botão que aciona o gravador, ligado à central de som, e espera a deixa — a fala de D...: "De jeito nenhum. A champanhe é para valer. Vou chamar o empregado para nos servir." Daí, pressiona o botão, disparando a fita do gravador: ouve-se o disparo. A janela do gabinete se abre para os bastidores, e Muna, oculta, vê o Sr. D... debruçando-se para a esquerda da zona morta do palco, por trás do cenário, simulando enxergar uma rua e todo o tumulto que está acontecendo *lá fora*.

Por um instante, Muna desliga-se da cena... A conversa com a mãe naquela manhã retorna à sua mente. E também outro momento, pouco antes de iniciar o espetáculo, com aquele mesmo Bernardo, expressão muito séria, sempre ruborizando-se um pouco quando os rostos dos dois se aproximam (ela já reparou nisso). Estavam conversando, e ela, sem sentir, acabou lhe contando tudo, seu sonho de estudar teatro fora do país, a bolsa nos EUA, o que sua mãe lhe disse:

— Ela tem razão, e você sabe, não sabe, Muna?

— Ela não tem razão coisa nenhuma.

— Você devia ir. Viver sua vida.

— Mas eu *sei* que nossa peça vai ser um sucesso. E o Caixa de Pandora vai pegar pra valer! E...

— E eu quase queria que a peça se danasse. Que se afundasse hoje, já na estreia. Daí, você se soltava da Vitória e ia fazer sua carreira. Aqui, você tem mais chances é de se acabar junto com ela.

Muna sentiu uma pontada de raiva, mas, logo a seguir, viu no rosto do garoto alguma coisa que a fez enternecer, e sorriu.

Essa foi a lembrança se apagando aos poucos, e quando sua mente retornou ao lugar onde ela estava, nos bastidores, Bernardo continuava debruçado na janela...

SR. D...
Parece que tem uma briga, ou algo assim, ali embaixo, na rua. Acho que um tiro foi disparado.

A cena no gabinete...

— Sim. Foi um tiro de mosquete — repete Bernardo tentando não dar na vista, no que olha pelo rabo do olho, para dentro, para ver se Maurício ainda está parado junto da mesa.

Maurício está mais do que parado; está congelado. Quase apoplético. De repente, ele se vira para os bastidores, onde sabe que está Muna, e grita:

— Sabotagem! Vocês estão tentando me derrubar porque eu sou o único ator de nome nessa bosta de peça!

— Maurício, calma! O que... — Bernardo também fica sem ação. A plateia aos poucos começa a perceber que há algo errado, que um imprevisto está acontecendo no palco, e que estão assistindo a algo que não está na peça. Bernardo tenta de novo entrar no papel: — Foi um tiro de mosquete. Um bêbado. Tem... uma arruaça lá fora, na rua.

— Seus amadores de merda. Cadê a carta? Cadê a carta? — Ele corre para a boca do palco, com os braços abertos e fala para a plateia. — A diretora é uma alcoólatra. A filha, a contrarregra, que devia cuidar da produção, é uma piranha que fica dando nos bastidores. Esse nojento aí (aponta para Bernardo/D...) e ela ficam se agarrando, em vez de se concentrarem no espetáculo. E agora acontece *isto*. Eu avisei que esta cena estava toda errada. A carta roubada, que eu devia pegar escondido do D... Não tem carta nenhuma naquela porcaria de mesa. Eles me deixaram na mão, acabaram com a peça, mas a culpa não foi minha. Não foi! Não é minha culpa! Vocês têm de acreditar ou não é minha culpa! Mas eu sabia que ia sair uma lambança dessas! Eu avisei!

Ou por causa da voz esganiçada e da gesticulação de Maurício Vargas — que já abandonara toda a impostação, para não falar do seu papel, e parecia um galináceo se debatendo para evitar a degola, no palco — ou porque começa a compreender o ridículo da situação, mas a plateia agora se contorce de tanto rir.

De repente, salta uma aflita Muna para o palco, agarra Maurício pelas costas e o derruba para interromper seu discurso. Bernardo vem em sua ajuda. Maurício continua a berrar e a se revirar, distribuindo murros e pontapés, enquanto Bernardo e Muna tentam arrastá-lo para os bastidores. Muna grita:

— Cortina! Cortina, rápido!

Do texto da adaptação de Vitória para
***A carta roubada*, a cena final que não foi ao palco,**
naquela noite de estreia...

(Casa de Dupin. Inspetor G... vibra, com a carta nas mãos. Dupin ri, irônico.)

Inspetor G...
A carta! Finalmente, a carta. Não posso acreditar!...

DUPIN

Mas eu lhe garanto que pode! E que o Sr. D... vai demorar muito até descobrir que a troca foi feita. Imaginem o que você e a nossa dama secreta podem fazer com ele, enquanto D... pensar que tem um poder que já não possui!

Inspetor G...

(Solta uma risada diabólica, depois diz:)

Mas me conte de novo. Quer dizer que você tinha preparado uma algazarra no fundo da rua, com gente contratada por você? E isso distraiu D...

DUPIN

Essa foi a parte mais fácil. Difícil foi recriar o envelope, com todas as suas características. Tenho uma excelente memória visual, senão...

Inspetor G...

Excelente, não. Extraordinária. Fenomenal!

DUPIN

(Pretendendo modéstia, um gesto talvez dispensando os elogios, como se os considerasse excessivos, mas vivamente envaidecido...)

Bem, Sr. D... foi atraído para a janela e eu troquei os envelopes. Depois, saí de lá sem ele perceber nada e vim direto para cá, ao seu encontro.

Inspetor G...

Mas como soube que a carta estava nesse envelope? Como adivinhou o truque de Sr. D...?

DUPIN

Ora, o que poderia ser mais inocente do que uma carta velha, já aberta, num porta-cartas, em cima de uma mesa de trabalho? É algo que não se destaca, que ninguém repara, que passa... invisível!

Inspetor G...
(Repete, refletindo na frase.)

Algo que passa invisível... invisível! Eu e meus homens ficamos dezoito meses procurando algo *invisível*. Quantas vezes devemos ter passado junto a esse envelope, olhado para ele, sem lhe dar importância e... invisível!

DUPIN

É assim mesmo que funciona, inspetor. Um disfarce perfeito. E agora, sobre aquele cheque! Creio que mencionou uma pequena fortuna, meu amigo.

Inspetor G...
(Sacando um envelope do bolso interno do paletó.)

Aqui está. A dama que salvamos dessa chantagem manda também seus agradecimentos. Inclusive por sua discrição...!

DUPIN

Ah, entendo. Pode tranquilizá-la, inspetor. Jamais comentarei este caso.

Inspetor G...
(Pegando o casaco, saindo.)

Assim espero, Dupin. Não gostaria que Paris soubesse que alguém ficou um pouco mais rico por me fazer de idiota!

(Os dois riem muito.)

CORTINA

Dia seguinte ao da estreia...

— Vitória ainda está trancada na salinha? — pergunta Bernardo, saindo dos bastidores e descendo do palco para juntar-se à garota, na plateia vazia.

Muna solta um suspiro. Tem olheiras, e os olhos estão vermelhos — passou a noite em claro, chorando. Logo, Bernardo e ela estão sentados, lado a lado, com o palco aberto diante deles.

— O palco assim, escancarado... — diz a garota, olhando para a frente sem focar nada — parece tão exposto. Tão sem mistérios... É a impressão que sempre me deu. Às vezes, eu pensava que era a bocarra de um dragão aberta para engolir a gente — ela se vira para Bernardo. — É isso mesmo! Minha mãe não saiu da salinha desde ontem. E não vai sair, enquanto tiver bebida no estoque dela. Melhor assim... Se visse o que deu nos jornais, hoje, acho que ia se matar!

— Ela já deve imaginar...

Bernardo pega a mão de Muna... aperta-a... a garota se vira para ele, examina o seu rosto.

— O que foi?

— Tá tão na cara assim?

— Esse seu rosto não esconde nada!

— O que quer dizer que eu sou mesmo um mau ator!

— Não foi isso que eu quis...

— Tudo bem... Sabe, é que eu andei pensando... Pensando muito... a noite inteira.

— Mais um que não conseguiu dormir.

— Peraí, é sério... Logo de cara, achei que tivesse sido o Maurício.

— O Roberval! — corrigiu Muna. Bernardo faz uma careta e continua.

— ... esconder aquela carta no bolso, ali na hora, e ferrar com a peça ia ser uma vingança danada contra... todo mundo aqui... Mas, daí, aquele ataque dele no palco teria que ser fingido, não é?

— Não foi. Ele não é tão bom ator assim. O cara ficou descontrolado pra valer. Misturou a tensão toda acumulada, o choque de não ver a carta, de não saber o que fazer com a plateia de olhos cravados nele... Tudo. O Roberval surtou no palco. Azar o nosso. Se fosse um ator experiente, dava um jeito, mas ele...! Nessa, a peça se ferrou!

— Então... não foi ele... Bem, eliminei o Inspetor G..., também, que nem estava nessa cena, e daí teve um momento em que eu pensei que pudesse ter sido a sua mãe...

— Para eu não ter mais o teatro, e me soltar dela...?

— E não ter mais desculpas para não viajar...

— Bernardo, ela estava trancada o tempo todo, na salinha. Nem quando está nos melhores dias, nunca teve coragem de assistir às estreias. E eu chequei o cenário inteiro, com as cortinas ainda fechadas. Vi tudo, a carta estava lá. Eu fui a última a passar por aquele palco, antes de vocês entrarem em cena.

— Pode ter sido você, então. Foi a última também a reparar nessa tal carta... E se foi assim que você decidiu... se livrar da sua mãe?

— Você acha que eu ia fazer uma coisa dessas? — disse, chocada, Muna.

— Não — admitiu o garoto. — Mas... fez?

A garota o encarou. Estava guardando uma coisa dentro dela e não ia mais conseguir segurar:

— Eu acho que foi você!... Numa hora, pegou a carta e...

— Por causa daquilo que eu disse...?

— É... você disse que queria que a peça se danasse porque aí minha mãe perdia o teatro e eu ficava livre dela.

— Eu pensei melhor, depois... Podia acontecer o contrário... você não ter coragem de largar a sua mãe se o mundo dela desabasse de vez.

— Então...?

— Não fui eu — disse Bernardo.

Os dois ficaram em silêncio, sem reparar que, durante todo aquele tenso diálogo, tinham permanecido de mãos entrelaçadas...

— É que pensei mais coisas sobre o que aconteceu... Muna?

— Que foi?

— Você gosta de livros policiais?

— Mais ou menos. Não li muita coisa.

— Sou viciado em policiais. E o Poe foi praticamente o fundador da literatura policial moderna.

— Daí...? — perguntou Muna, pressentindo alguma coisa a mais por trás daquele papo.

— Uma das razões disso são esses truques sobre como armar mistérios... como esse... da invisibilidade. De uma coisa tão... encaixada no resto que passa invisível... Tem assassinos nos contos policiais que são assim. O truque é passar por eles invisível, bem debaixo do nariz do leitor. Ninguém pode desconfiar, mas eles estão lá o tempo todo. Feito ilusão de ótica, aquelas coisas que a gente olha mas não vê. Nos melhores livros policiais, o autor passa o culpado na cara do leitor, sem o leitor perceber. Quanto mais o autor se arriscar, quanto mais expuser seu personagem sem permitir que o leitor o veja como suspeito, melhor é a armação da história. Então...

— Escuta aqui, Bernardo... — interrompeu bruscamente Muna. — Nesse caso, nada disso vale. Não teve ninguém invisível nessa história. Mais ninguém passou por aquele palco. Só eu, você e o Roberval!

Bernardo balançou a cabeça, meio hesitante, criando coragem para arriscar o que ia dizer.

— Eu sei... é... é isso! Mas, daí, numa hora, hoje bem cedo, antes de você chegar, eu me sentei aqui mesmo, na plateia... Fiquei olhando o palco, e ele estava assim, com as cortinas abertas, e eu fiquei pensando nisso tudo... só tinha eu, você e o...

— O Roberval! — completou Muna.

— Isso, só você, eu e o Roberval passamos por esse palco. Então, um dos três tinha que ter dado sumiço na carta. Tinha que ser isso... tinha que ser, entende?... Mas, daí... Daí, me veio uma ideia... Não éramos só nós três. Tinha mais um personagem nessa história, que também poderia ter pegado a carta, sem ninguém mais ver. *Tinha*, sim, alguém... invisível!

Pressionado por Bernardo e Muna — especialmente esta, furiosa como uma gata selvagem, mostrando as unhas —, Natural (que tinha esse apelido porque, enquanto todo mundo naquele teatro comia de tudo, ele sempre trazia de lanche um sanduíche de folhas com queijo branco) demorou pouco a confessar que havia recebido uma grana do agiota a quem

Vitória devia dinheiro para, aproveitando-se de sua função (abrir e fechar as cortinas para marcar a troca de cenas), sabotar o espetáculo. Rápido como sempre (o garoto magrinho, usando boné invertido, surgia e desaparecia "quase sem ninguém notar", como lembrou Bernardo), ele ficara vigiando enquanto Muna verificava o cenário para a cena do gabinete e, logo que a garota saiu para os bastidores, em menos de três segundos havia surrupiado o envelope. Natural foi somente despedido — dificilmente o que ele fez seria considerado crime; e assim não havia por que chamar a polícia. Além do mais, mesmo que fosse o caso, nem Muna nem Vitória iam querer ver Natural na prisão.

— Ele é muito garoto, ainda. Que se conserte, aí pela vida — disse Vitória. — Ou não.

Maurício Vargas deu uma declaração à imprensa, contando tudo o que pôde e quis sobre Vitória e Muna, o que, se por um lado, o queimou de vez no meio artístico — aliás, apesar de um rosto conhecido, por causa da tevê, era previsível que não tivesse uma carreira das mais brilhantes, para dizer pouco —, encerrou com a temporada da peça e com o Caixa de Pandora. Ou não (também)...?

— Sem o Roberval — explicava Vitória, dias depois — eu ia ter de ensaiar a peça de novo, e não temos dinheiro pra isso. Vou arrendar o teatro. Assim, pago as dívidas. Do agiota, sim, a gente poderia dar parte à polícia. Jogo sujo, o dele, contratar o Natural para acabar com a peça. Se souberem disso, ele no mínimo vai perder uns clientes. Entramos num acordo e ele vai receber aos poucos. Com abatimento nos juros.

— Mãe... — tenta protestar Muna.

— Já está feito, Muna.

— Sem me consultar! Não é justo!

— É, eu fui horrível mesmo... Você tem razão, sou uma droga de pessoa! Sou egoísta, passo por cima dos outros quando quero fazer alguma coisa. Pode ficar com raiva de mim. E mais... Vou me internar num centro de recuperação. Se eu conseguir vencer essa, quem sabe...? Talvez o Caixa de Pandora volte a funcionar.

— Mas... e eu? — murmura Muna, sentindo-se de repente abandonada.

— Como assim?

— E eu? O teatro acabou, você vai desaparecer de cena. E eu?

— Não sei, Muna.

— Você... não sabe? — gagueja a garota.

— Sei é que não sou capaz de cuidar de você. E que, se não me tratar, vou acabar me matando!

— Mas eu... — Muna arregala os olhos, horrorizada — quero que você se trate.

— E eu quero que você viva a sua vida. Sabe, você tem alternativas. Muito boas, por sinal.

— A bolsa nos States...

— Que droga, hem? — sorri Vitória.

Duas semanas depois, Muna está no aeroporto, já com a voz sem alma dos alto-falantes chamando para o embarque do seu voo. Vitória, da clínica, mandara beijos e mil recomendações. E, no portão de embarque, demorou até Muna conseguir se desgrudar de Bernardo.

— Se você não escrever... — começou o garoto.

— Eu vou escrever. E falar com você todo dia, pelo computador.

— Tá... mas se acontecer... de você não escrever, pelo menos me promete uma coisa... para a volta...

— Prometo o que você quiser. Mas eu vou escrever.

— Tá... Promete que na volta... me procura. Seja lá o que tiver rolado... promete que a gente vai se ver e sair... juntos... pelo menos mais uma vez?

— E você se garante tanto que acha que vai me ganhar de novo só nessa única vez?

— Promete?

— Bobo.

— Promete?

— Prometo.

O garoto sorri, os olhos ardendo, uma coceira alfinetando o lóbulo da orelha direita, que ele não quer coçar, não ali, não agora. Ela vai se afastando, afinal. As mãos dos dois ainda se pegando, os dedos, só os de uma mão se tocando, ainda, como que grudados, até que de repente o contato se desfaz, e ela e ele sentem ao mesmo tempo um aperto, a vontade de chorar... E ela, bruscamente, então, para não ficar ali com ele, para não se arrepender, se volta de repente e sai correndo para atravessar o portão de embarque. Ele fica parado, observando ela sumir pelo corredor que a levará até a porta do avião.

CORTINA

A CARTA ROUBADA

Edgar Allan Poe

Tradução de Luiz Antonio Aguiar

Nil sapientiae odiosius acumine nimio.[15]

Sêneca[16]

Em Paris, logo após o escurecer, numa noite de muito vento, no outono de 18.., eu me deliciava com a dupla luxúria da meditação embalada por um cachimbo de *meerschaum*, na companhia do meu amigo, o detetive C. Auguste Dupin, em sua pequena biblioteca, também dita *gabinete de leitura*, no terceiro andar da rua Drunôt, 33, em Saint-Germain.[17] Por aproximadamente uma hora, mantivemos profundo silêncio, enquanto ambos, para um observador de fora, pareceriam intensa e exclusivamente concentrados nos anéis de fumaça que impregnavam o ar do aposento. Quanto a mim, entretanto, estava mentalmente discutindo determinados tópicos que tinham se tornado temas de conversa entre nós, havia pou-

---

[15] Nada é mais irritante para a sabedoria do que a sagacidade excessiva.

[16] Lucio Sêneca, ou Sêneca o Jovem (filho de Marcus Sêneca), foi um ilustre escritor, filósofo e intelectual do Império Romano, nascido em 4 a.C. e falecido em 65 d.C.

[17] Bairro de Paris.

co, naquela noite; refiro-me ao mistério da rua Morgue e ao assassinato de Maria Rogêt.[18] Considerava a possibilidade de uma coincidência no assunto, quando a porta foi subitamente escancarada e entrou um velho conhecido nosso, o Sr. G... — chefe da polícia de Paris.

Nós o recebemos calorosamente, pois aquele homem tinha sua metade divertida, tanto quanto a outra era desprezível, e já não o víamos havia muitos anos. Até aquele momento, permanecíamos sentados no escuro, e Dupin então levantou-se com a intenção de acender a lamparina, mas voltou a se sentar sem fazê-lo, quando o Sr. G... declarou que sua visita tinha como propósito consultar-nos, ou, melhor dizendo, perguntar a opinião do meu amigo sobre certo negócio oficial que vinha lhe causando grandes problemas.

— Caso trate-se de um caso que requeira reflexão — observou Dupin, detendo-se no ato de acender o pavio —, melhor o examinarmos no escuro.

— Lá vem você com essas suas ideias esquisitas — disse o policial, que tinha a mania de tachar de "esquisito" tudo o que estivesse fora do seu poder de compreensão, o que o levava a viver em meio a uma legião de "esquisitices".

— É bem verdade — disse Dupin, ao mesmo tempo que fornecia um cachimbo a nosso visitante e empurrava para ele uma cadeira confortável.

— E qual é o problema agora? — perguntei. — Nenhum assassinato, assim espero.

— Não, não... nada desse gênero. O fato é que o problema na realidade é extremamente simples, e não tenho dúvidas de que poderíamos resolvê-lo com facilidade por nossa

---

[18] Dois clássicos contos policiais de Poe, ambos estrelados por Auguste Dupin.

própria conta. Mas daí pensei que Dupin apreciaria conhecer alguns detalhes do caso, por ser tão esquisito.

— Simples e esquisito — comentou Dupin.

— Ora, bem... é isso mesmo... E ao mesmo tempo, não é exatamente assim. Temos estado perplexos justamente porque o caso é bastante simples, e no entanto continua nos desafiando.

— Talvez seja precisamente sua simplicidade que confunde a vocês todos — disse meu amigo.

— Que pensamento mais ridículo — disse o chefe de polícia, soltando uma gargalhada alta.

— Pode ser que o mistério seja um pouco descomplicado demais — insistiu Dupin.

— Deus do céu! Onde já se ouviu algo assim?

— Pode ser um tanto evidente demais.

— Ha, ha, ha... Ha, ha, ha... — gargalhou ainda mais nosso visitante, achando muita graça. — Ah, Dupin, você ainda me mata.

— Bem, afinal de contas, do que se trata? — perguntei.

— Ah, sim, vou contar a vocês — respondeu o chefe, enquanto soltava uma longa, cheia e contemplativa baforada, ajeitando-se melhor na cadeira. — Vou lhe relatar tudo em poucas palavras. Mas, antes de eu começar, deixe-me preveni-lo de que este caso exige total segredo e que, provavelmente, eu perderia a posição que ocupo no momento se fosse descoberto que revelei algo sobre o assunto a quem quer que seja.

— Prossiga — disse eu.

— Ou não prossiga — disse Dupin.

— Bem, então... Recebi uma informação confidencial, vinda da mais alta esfera, segundo a qual um certo documento de enorme importância foi roubado dos aposentos de Sua Majestade. Sabemos quem o roubou, isso sem a menor dúvida, já que a pessoa foi vista pegando-o. Também sabemos que o documento continua em seu poder.

— Como sabem disso? — perguntou Dupin.

— Uma dedução fácil — replicou o chefe —, devido à natureza do documento e à falta de ocorrência de determinados resultados que imediatamente aconteceriam caso o documento fosse passado adiante pelo ladrão. Quer dizer, se ele o utilizasse como deve estar planejando utilizá-lo, ao cabo de tudo.

— Seja um pouco mais específico — disse eu.

— Bem, nesta altura, posso no máximo me aventurar a dizer que o papel confere a quem o detém certo poder sobre certa personalidade, e que tal poder é imensamente valioso.

O chefe apreciava bastante a linguagem diplomática.

— Ainda não estou entendendo — disse Dupin.

— Não? Ora, muito bem. A divulgação do documento para uma terceira pessoa, cujo nome não devemos revelar, ocasionaria questionamentos sobre a honra de uma personalidade da maior importância. E, de fato, esse documento confere a seu ladrão poder sobre essa ilustre personagem cuja honra e tranquilidade estão muito ameaçadas.

— Mas tal poder — interrompi — dependeria de o ladrão saber que quem foi roubado conhece a identidade do ladrão. Quem ousaria...?

— O ladrão — disse G... — é o ministro D..., capaz de qualquer ousadia, seja o que for decente ou indecente para um homem. O método do roubo não foi tão engenhoso quanto atrevido. O documento em questão... uma carta, para ser sincero de vez... foi recebido pela personalidade roubada enquanto esta se encontrava sozinha nos aposentos íntimos reais. Enquanto a lia, foi subitamente interrompida pela entrada de outra personalidade de enorme importância, de quem foi obrigada a ocultar a carta. Depois de uma inútil e frenética tentativa de enfiá-la numa gaveta, acabou sendo obrigada a deixá-la, aberta como estava, sobre a mesa. O endereço do remetente estava para cima, e o conteúdo não ficou à mostra, portanto, e assim a carta não foi percebida. Nesse ínterim, entra no aposento o ministro D... Seus olhos de lince imediatamente percebem o papel, reconhecem a caligrafia e o endereço, reparam no nervosismo dessa nossa personalidade e adivinham seu segredo. Depois de tratar de alguns assuntos oficiais, com pressa mas sem fugir ao seu modo habitual de se portar, ele tira do bolso uma carta em certa medida similar àquela que nos importa, no caso, abre-a e finge lê-la. Então, a deixa sobre a outra. Daí, retoma a conversa, por cerca de quinze minutos, sobre negócios públicos. No final, ao se retirar, recolhe da mesa a carta que não lhe pertence. O dono legítimo da carta vê tudo, mas obviamente que não ousa chamar atenção para o que D... faz, na presença daquela terceira pessoa, que permanece junto a ela. O ministro sai, deixando sobre a mesa sua própria carta, que aliás não tinha nenhuma importância.

— Ora, então — destaca Dupin — temos aqui justamente o que você apontava como necessário para conferir poder ao ladrão... O ladrão sabe que a pessoa roubada sabe que é o ladrão.

— Perfeitamente — retrucou o chefe de polícia. — O poder obtido dessa maneira, nos últimos meses, foi utilizado para fins políticos, e isso numa dimensão extremamente perigosa. A personalidade que foi vítima do roubo está absolutamente convencida da necessidade de reaver a carta. Mas isso, é claro, não pode ser feito abertamente. Para resumir, pressionada pelo desespero, colocou o caso em minhas mãos.

— E nenhum agente — disse Dupin, emitindo um perfeito anel de fumaça — mais sagaz poderia ter sido escolhido, ou mesmo imaginado.

— Você me lisonjeia — disse o chefe. — Mas é mesmo possível que alguma opinião semelhante à sua tenha sido manifestada por alguém.

— É claro — disse eu — que a carta, como o senhor mesmo mencionou, ainda está em mãos do ministro D..., já que é a posse e não a utilização da carta que lhe proporciona esse poder. Se ele usar a carta, desaparece o poder.

— É verdade! — disse G... — E, baseado nessa convicção, orientei meus procedimentos. Minha primeira providência foi realizar uma cuidadosa busca na residência do ministro, e aqui meu maior problema foi a necessidade de procurar sem que ele soubesse. Acima de tudo, fui alertado sobre o perigo de lhe dar razões para suspeitar de nossos planos.

— Mas o senhor tem plena experiência nesse tipo de investigação — disse eu. — A polícia parisiense já fez isso muitas vezes antes.

— Ah, sim, e é por isso que não me desespero. Os hábitos do ministro são outro fator que me dá grande vantagem. Ele se ausenta de casa com frequência à noite. Não tem grande quantidade de empregados, de modo algum. E estes dormem à certa distância do aposento do seu patrão; além do quê, como são em sua maioria napolitanos, quase sempre se embriagam. Como vocês sabem, tenho chaves com as quais posso abrir qualquer aposento ou porta de residência de Paris. Por três meses, nenhuma noite transcorreu sem que em sua maior parte eu não estivesse empenhado em revistar a residência de D... Trata-se de uma questão de honra e, para mencionar um grande segredo, a recompensa oferecida é enorme. Assim, não abandonei a busca até ter ficado plenamente convencido de que o ladrão é um homem mais astuto do que eu. Acredito que tenha examinado todos os nichos e cantos dos aposentos nos quais o documento possa estar escondido.

— Mas não é possível — sugeri — que a carta, continuando em poder do ministro como sem dúvida está, possa ter sido escondida em outro lugar que não em sua residência?

— Praticamente impossível — disse Dupin. — A peculiar situação dos assuntos na corte, especialmente as intrigas nas quais D..., segundo se sabe, está envolvido, exigem pronto acesso ao documento. A carta pode ter de ser utilizada de imediato em alguma emergência, e isso é quase tão importante quanto mantê-la em seu poder.

— A carta pode ser utilizada...? — perguntei eu.

— Quer dizer... — explicou Dupin — *destruída.*

— É verdade — observei. — A carta, sem dúvida, então, está no prédio. Mas está fora de questão que o ministro ande com ela por aí.

— Inteiramente — reforçou o chefe de polícia. — Por duas vezes, ele foi vítima de ataques na rua, simulando assalto, e foi revistado minuciosamente, sob minha supervisão direta.

— Você devia ter se poupado esse trabalho — disse Dupin. — Não creio que D... seja nenhum idiota e, assim, na certa previu essa manobra óbvia.

— Não, um idiota ele não é, de modo algum — disse G... — Mas é um poeta, o que considero estar bem próximo de um idiota.

— É verdade — disse Dupin, depois de uma longa e pensativa baforada em seu *meerschaum* —, embora eu próprio tenha cometido alguns poemetos sem valor.

— Creio que vai nos dar mais detalhes — disse eu ao chefe de polícia — sobre suas investigações.

— Bem, o fato é que gastamos todo o tempo necessário procurando por toda parte. Tenho larga experiência nesses assuntos, e examinei o prédio inteiro, aposento por aposento; despendendo todas as noites de uma semana em cada um deles. Em primeiro lugar, examinamos a mobília de cada aposento. Abrimos todas as gavetas e presumo que vocês saibam que, para um policial experiente, não existe nada como uma gaveta *secreta*. Somente um idiota deixaria passar uma gaveta *secreta* numa busca como essa. A coisa é bastante simples. Há um certo volume... um certo espaço... a ser conferido em cada móvel. Assim, temos regras precisas. Não deixamos escapar nenhum detalhe. Depois dos móveis, passamos às cadeiras. Examinamos o estofamento com agulhas finas, bastante longas, que você já me viu utilizar. Removemos também os tampos das mesas.

— Para que isso?

— Por vezes, o tampo da mesa ou de outro móvel similar é removido com o propósito de ocultar algum objeto. A seguir, a perna é escavada, o objeto é depositado na cavidade aberta, e o tampo é recolocado. As partes internas e os topos dos pés das camas também servem, da mesma maneira, como esconderijos.

— Mas a cavidade não poderia ser detectada pelo som? — perguntei.

— De modo algum, se, quando o objeto for depositado, uma porção de algodão de volume suficiente for colocada ao seu redor. Além do mais, em nosso caso estávamos obrigados a proceder sem fazer nenhum ruído.

— Mas você não conseguiria remover... não conseguiria desmontar todas as peças do mobiliário nas quais seria possível se esconder alguma coisa da maneira que descreveu. Uma carta poderia ser comprimida num rolo espiral, que não pareceria muito diferente, tanto em forma quanto em volume, de uma agulha de tricô grande, e nesse formato poderia ser inserida num pé de cadeira, por exemplo. Você não desmontou todas as cadeiras, não foi?

— Claro que não. Mas fizemos algo melhor... Examinamos os pés de todas as cadeiras da residência e, aliás, todas as juntas de todas as peças do mobiliário, com o mais poderoso dos microscópios. Se houvesse qualquer vestígio de alteração recente, não deixaríamos de detectá-lo imediatamente. Um mero grão de serragem deixado pela ação de uma verruma, por exemplo, seria tão óbvio quanto uma maçã. Qualquer modificação na cola, ou um afastamento incomum nas juntas, seria o suficiente para chamar a atenção.

— Presumo que você verificou todos os espelhos, entre as tábuas e os vidros, e deve também ter examinado as camas e as roupas de cama, assim como as cortinas e os tapetes.

— Mas é claro. E quando terminamos de esquadrinhar completamente a mobília, demos busca no próprio prédio. Dividimos toda a sua superfície em compartimentos, os quais numeramos, de modo que nenhum fosse esquecido. Depois, verificamos cada centímetro quadrado na residência e nas duas casas vizinhas, com o mesmo microscópio.

— As duas casas vizinhas? Vocês devem ter tido de superar imensas dificuldades.

— De fato, mas, como disse, a recompensa oferecida é prodigiosa.

— Você certamente observou também o chão em volta das casas?

— Todo pavimentado com tijolos. Comparativamente, nos deu menos trabalho. Examinamos a relva entre os tijolos e verificamos que não mostrava alterações.

— Naturalmente, você olhou os papéis do Sr. D... e revistou os livros da biblioteca.

— Certamente. Abrimos todos os pacotes e todos os objetos. Não só abrimos todos os livros, como reviramos as folhas de todos os volumes. Não nos contentamos com uma simples sacudidela como fazem alguns de nossos policiais. Além disso, medimos a espessura de todas as capas de livro com grande precisão, e aplicamos a cada uma o mais meticuloso exame com o microscópio. Se alguma das encadernações tivesse sido adulterada, seria, na prática, impossível que algo assim tivesse nos escapado. Cerca de cinco ou seis volumes que haviam acabado de voltar do encadernador, foram cuidadosamente examinados, longitudinalmente, com as agulhas.

— Viram o assoalho, por baixo dos tapetes?

— Sem dúvida. Removemos todos os tapetes e examinamos as tábuas do assoalho com o microscópio.

— E o papel de parede?

— A mesma coisa.

— Olharam no porão e na adega?

— Olhamos.

— Então — disse eu — você deve ter se enganado, e a carta não está no prédio, como supôs.

— Receio que aí você tenha razão — replicou o chefe de polícia. — E agora, Dupin, o que você me aconselha a fazer?

— Uma busca completa no prédio.

— Isso seria absolutamente inútil — replicou G... — Tenho menos certeza de estar respirando do que do fato de a carta não estar lá.

— Pois eu não tenho nenhum conselho melhor para lhe dar — disse Dupin. — Você sem dúvida possui uma acurada descrição da carta, certo?

— Ah, sim. — E ao dizer isso o chefe de polícia mostrou um caderno de notas, de onde leu um minucioso registro do aspecto interno e, principalmente, do aspecto externo da carta roubada. Logo que terminou, nos deixou, num estado de ânimo tão lamentável que eu jamais havia visto em qualquer cavalheiro deprimido.

Cerca de um mês depois, ele nos fez outra visita e nos encontrou ocupados com quase a mesma coisa de antes. Aceitou um cachimbo e uma cadeira, e iniciou uma conversa qualquer. A certa altura, lhe perguntei:

— Mas, G..., e sobre a carta roubada? Presumo que você já se convenceu de que não é possível levar a melhor sobre o ministro...

— Aquele desgraçado! Bem... acabei refazendo a busca, como Dupin sugeriu. No entanto, foi trabalho inútil, como eu já previa.

— De quanto você disse que é a recompensa oferecida? — indagou Dupin.

— Bem, uma soma bastante alta... Na verdade, uma recompensa muito pródiga... Não posso dizer quanto é exatamente, mas uma coisa, posso, sim, adiantar... Eu não me incomodaria de dar um cheque meu, individual, de cinquenta mil francos, a qualquer um que me entregasse aquela carta. O documento está se tornando, a cada dia, mais e mais importante, e a recompensa foi dobrada recentemente. Mas, mesmo que houvesse sido triplicada, eu não poderia fazer mais do que já fiz.

— Sim, é claro — disse Dupin, arrastando as palavras junto com as baforadas de seu *meerschaum*. — Na verdade,

G..., acho que você não deu ainda o máximo de si... Não fez tudo o que pôde, quer dizer, poderia fazer algo mais... não acha?

— Como o quê?

— Bem... *puf! puf!*... você poderia... *puf! puf!*... aconselhar-se com alguém sobre esse seu problema, não poderia...? *puf! puf!*... Lembra a história que contam sobre Abernethy?[19]

— Não, e quero que Abernethy vá para o inferno.

— Ora, mande-o para onde preferir. Mas, certa vez, um agiota rico concebeu um ardil para obter de graça uma consulta médica de Abernethy. Para isso, travou num círculo de conhecidos uma conversa banal, durante a qual insinuou aspectos do seu caso para o médico, como se fosse algo que estivesse acontecendo a um indivíduo imaginário.

— Vamos supor — disse o agiota — que os sintomas sejam tais e tais. Mas, daí, doutor, qual orientação o senhor lhe daria? "Eu lhe diria sem dúvida para se consultar com um médico", disse Abernethy.

— Ora... — replicou o chefe de polícia, algo desconcertado. — Estou *efetivamente* disposto a consultar alguém e a pagar por isso. Sinceramente, daria mesmo os cinquenta mil francos a qualquer um que me ajudasse nesse caso.

— Se é assim — replicou Dupin, abrindo uma gaveta e tirando um livro de cheques —, pode muito bem preencher para mim um cheque no valor que mencionou. Quando o tiver assinado, eu lhe entregarei a carta.

Fiquei atônito. E o chefe de polícia pareceu ter sido fulminado por um relâmpago. Por alguns minutos, ele permaneceu paralisado, sem palavras, fitando incrédulo e boquiaberto o meu amigo, com seus olhos parecendo a

---

[19] John Abernethy, médico inglês (1754-1831)

ponto de saltar das órbitas. Mas logo, pelo menos em aparência, recuperou-se, pegou a caneta e assinou o cheque de cinquenta mil francos, passando-o para Dupin, que estava sentado em frente a ele, à mesa. Dupin examinou o cheque cuidadosamente e meteu-o na carteira. Então, destrancando uma escrivaninha, tirou dali uma carta e a entregou ao chefe de polícia. O homem, num completo transe de alegria, agarrou-a, abriu-a com as mãos tremendo, deu uma rápida olhada em seu conteúdo. A seguir, arrastou-se pesadamente até a porta e precipitou-se sem a menor cerimônia para fora da casa, não tendo pronunciado nem sequer uma sílaba, desde o momento em que Dupin exigiu que preenchesse o cheque. Somente depois que ele partiu meu amigo iniciou suas explicações.

— A polícia parisiense — disse ele — é extremamente competente à sua maneira. São perseverantes, engenhosos e extremamente versados nas habilidades que suas tarefas impõem, na maior parte dos casos. Assim, quando G... nos descreveu em detalhes suas buscas na residência do ministro D..., tive toda a certeza de que estavam fazendo uma investigação satisfatória... ao menos, dentro de seus limites.

— Limites? — desconfiei eu.

— Sim — disse Dupin. — Os procedimentos adotados não só foram os melhores do gênero, como foram conduzidos com perfeição. Se a carta houvesse sido escondida dentro dos padrões das buscas realizadas, não há dúvida de que nossos amigos a teriam encontrado.

Fiz somente rir... Mas Dupin parecia bastante sério ao dizer isso.

— Ora, então os procedimentos eram confiáveis, no seu gênero, e foram bem-executados. O defeito foi que eram inaplicáveis ao caso e ao homem em questão. Um certo número de recursos engenhosos são, para o chefe de polícia, uma espécie de cama de Procusto,[20] à qual ele quer forçosamente adaptar seus planos. Mas ele sempre erra ao ser demasiadamente profundo ou demasiadamente superficial em relação ao caso específico com o qual está lidando, e nessa situação muitos meninos de colégio raciocinam melhor do que ele. Conheci um de 8 anos de idade que vencia sempre numa modalidade de *par ou ímpar*, com adivinhações que lhe trouxeram admiração mundial. Trata-se de um jogo simples, com bolinhas de gude. Um jogador esconde na mão certa quantidade de bolinhas e pede ao outro que adivinhe se tem delas um número par ou ímpar. Se quem dá o palpite acerta, ganha uma bolinha; se erra, perde uma. O menino de quem estou falando ganhou todas as bolinhas de gude da escola. Claro que ele tinha um método para seus palpites, que se resume à mera observação e avaliação da esperteza de seus oponentes. Por exemplo, um consumado imbecil é seu adversário e, erguendo a mão fechada, pergunta: "Par ou ímpar?". Nosso menino responde: "ímpar", e perde. Mas, na segunda tentativa, ele ganha, porque então diz para si mesmo: "O imbecil tinha um número par de bolinhas na primeira tentativa, e sua inteligência é somente o bastante para ele usar uma variação simples, de par para ímpar, na segunda vez. Assim, vou dizer *ímpar*." É o que ele faz e ganha. Agora, com um imbecil que tenha um grau de inteligência acima do primeiro, ele teria raciocinado da seguinte

---

[20] Personagem da mitologia grega. Tinha uma cama de ferro em sua casa, na qual instalava os hóspedes. Se fossem altos demais para as medidas exatas da cama, cortava-lhes os pés; se fossem baixos demais, esticava-os em aparelhos de tortura. Teseu, o mesmo que matou o Minotauro, de Creta, numa de suas aventuras o capturou e cortou sua cabeça e seus pés, para que coubesse na tal cama.

maneira: "esse sujeito acha que, se na primeira vez eu disse ímpar, na segunda, seu primeiro impulso vai ser uma variação simples, de par para ímpar, como fez o imbecil anterior. Mas então, pensa melhor e concebe que se trata de uma variação simples demais, e no final decide que vai arriscar a mesma coisa que na primeira vez. Só que agora eu vou dizer *par*"... É o seu palpite, e ele ganha. Bem, esse é o método de raciocínio do menino de escola, que seus colegas chamam de *sorte*... Mas o que você acha que é?

— Meramente — respondi — uma questão de identificar os padrões de raciocínio do oponente.

— Isso mesmo — disse Dupin. — E interrogando o rapaz sobre como ele executou essa identificação em que se baseia seu sucesso, recebi a seguinte resposta: "Quando quero descobrir o quanto alguém é esperto, ou idiota, ou o quanto é bom ou atrapalhado, ou ainda o que se passa em seus pensamentos naquele momento, torno a minha expressão facial o mais parecida possível com a do rosto dele e então espero para ver quais sentimentos afloram em meu coração e minha mente que correspondam a tal expressão." Tal resposta do menino repousa no fundo daquelas profundezas equivocadas que já foram atribuídas a Rochefoucauld, a Maquiavel e a Campanella.

— E a identificação do padrão de raciocínio e da qualidade do intelecto do oponente dele — disse eu — depende, se o entendi direito, da precisão com que é mensurado o intelecto do oponente.

— Em termos de seu valor prático, depende disso — replicou Dupin. — E se o chefe de polícia e sua corte entram em becos sem saída com tanta frequência, isso se deve, em primeiro lugar, às falhas nessa identificação e, em segundo, à má avaliação, ou a falta total de avaliação do intelecto da pessoa que eles enfrentam. Consideram somente suas próprias ideias providas de engenhosidade e, ao procurar qualquer objeto escondido, atentam apenas para as maneiras com as quais eles próprios o teriam escondido. Estão corretos em certo sentido — no de que sua própria engenhosidade é uma representação fiel do intelecto da massa; mas, quando a astúcia do indivíduo que perseguem difere da deles, o malfeitor evidentemente os ludibria. Isso sempre acontece quando a astúcia do malfeitor é maior do que a deles, e muitas vezes até quando é menor. Eles não têm variações de princípios para suas investigações. Na melhor das hipóteses, quando pressionados por alguma emergência... como uma recompensa extraordinária, por exemplo... estendem ou exageram seus métodos habituais, sem rever os princípios. O que, neste caso de D..., foi feito no sentido de variar o princípio de ação? O que significa todo esse tédio, esses testes, essa conversa de ruídos e de exame com microscópios, e de dividir a superfície do prédio em centímetros quadrados, tudo mapeado, enfim... O que significa isso senão um exagero na aplicação de um princípio ou de um conjunto de princípios de busca, baseados num conjunto de noções que consideram a engenhosidade humana, à qual o chefe de polícia, no transcorrer da longa rotina que é a sua carreira, está acostumado? Você não percebe que ele se mostra convencido de que todas as pessoas escondem uma carta, se não num orifício aberto com verruma num pé de cadeira, pelo menos em algum outro buraco fora das vistas ou num canto qualquer sugerido pelo mesmo padrão de raciocínio que conduziria uma pessoa a ocultar uma carta num furo aberto com verruma num pé de cadeira? E não vê também que tais esconderijos que são *procurados até que os descubram* só se prestam para situações banais e somente seriam utilizados por intelectos vulgares? Isso porque, em todos os casos de ocultação, esconder um objeto dessa maneira num lugar oculto é, logo de princípio, presumível — e, aliás, facilmente presumível, e, assim, achá-lo depende não de agudeza, em absoluto, mas simplesmente de cuidado, paciência e determinação de quem procura. Agora, se é um caso importante — o que significa a mesma coisa aos olhos de um policial —, ou quando a recompensa é substancial, nunca se soube que faltassem essas mesmas qualidades, tão valorizadas. Daí você pode entender o que eu dizia quando sugeri que a carta roubada havia sido escondida em algum lugar para além dos limites do chefe de polícia. Em outras palavras, se os princípios da ocultação coincidissem com os princípios do chefe, ele acharia a carta cedo ou tarde, infalivelmente. Mas ele foi enganado, e a causa original de seu fracasso está na suposição de que o ministro é um idiota, já que ganhou fama como poeta. Todos os idiotas são poetas, é assim que pensa o chefe de polícia, e ele é somente culpado de um *non distributio medii*,[21] ao deduzir daí que todos os poetas são idiotas.

— Mas o ministro é realmente um poeta? — indaguei.

— Sei que são dois irmãos e que ambos alcançaram renome na literatura. O ministro, creio eu, escreveu um texto complexo sobre cálculo diferencial. É um matemático, não um poeta.

— Você está errado. Eu o conheço bem. Ele é ambas as coisas. Como poeta e matemático, seu raciocínio é perfeito.

---

[21] O termo *mediador* é o elemento central de um silogismo, que permite uma falsa lógica (primeiro elemento) ser atribuída a um objeto (segundo elemento) por intermédio de uma afirmação (termo mediador) que articule ambos. Poe acusa o outro personagem de usar um termo mediador que fracassa justamente em articular os dois elementos.

Fosse somente um matemático, sua lógica não funcionaria de todo e ele estaria assim à mercê do chefe de polícia.

— Você me surpreende — disse eu — com essas suas opiniões, que foram contestadas pela voz do mundo inteiro. Creio que não tem a intenção de renegar totalmente ideias bem aceitas há séculos. A lógica do matemático há muito que é considerada como a razão, por excelência.

— "Deve-se apostar" — desafiou Dupin, citando Chamfort[22] — "que toda ideia pública, toda convenção aceita, é tolice, já que se mostrou conveniente ao maior número de pessoas." Os matemáticos, isso lhe garanto, se esforçaram ao máximo para divulgar o equívoco tão popular ao qual você alude, e que no entanto é um equívoco, apesar de ser disseminado como verdade. Com uma arte servindo a uma melhor causa, por exemplo, insinuaram o termo *análise* nas operações algébricas. Os franceses, em particular, são os autores desse erro, mas se alguma palavra tem importância, se da aplicabilidade das palavras deriva algum valor, então *análise* significa *álgebra* quase tanto quanto no latim *ambitius* significa *ambição*, *religio* significa *religião*, e *homines honesti* significa *homens honrados*.

— Vejo — observei — que você está em meio a alguma polêmica com certos algebristas de Paris.

— Discuto a eficácia e por consequência o valor do raciocínio, seja qual for, que se desenvolva sem ser por meio da lógica abstrata. Em particular, rejeito o raciocínio formulado pelo estudo da matemática. A matemática é a ciência da forma e das quantidades, e assim a lógica da matemática é exclusivamente aplicável à observação da forma e das quantidades. O grande erro é supor que até mes-

---

[22] Nicolas Chamfort (1740-1794) foi um poeta e humorista francês.

mo os princípios do que chamamos de pura álgebra sejam abstratos ou verdades gerais. E esse equívoco é tão evidente que fico perplexo ao constatar o quanto está disseminado. Os axiomas da matemática não são axiomas de verdade universal. O que é verdadeiro numa determinada relação, como de forma e quantidades, em geral são erros grosseiros no que diz respeito, por exemplo, à moral. Nesta ciência, muito usualmente é falso que partes agregadas sejam iguais ao todo. Também em química tal axioma é falho. E vamos pensar por que falha... Dois motivos, cada qual com seu valor, não têm mesmo, quando reunidos, valor igual à soma do valor de suas partes em separado. Há inúmeros outras verdades matemáticas que somente são verdadeiras dentro dos limites da relação. Entretanto, os matemáticos, por força do hábito, argumentam a partir de suas limitadas verdades, como se fossem de aplicação geral e absoluta... e como o mundo de fato imagina que sejam. Byrant, em sua obra bastante erudita, *Mitologia*, menciona uma fonte análoga de erro, quando diz que "embora não se acredite nas fábulas pagãs, mesmo assim nos distraímos e tiramos inferências delas como se fossem realidade". Em relação aos algebristas, no entanto, que são, igualmente, pagãos, acredita-se nestas "fábulas pagãs", e inferências são feitas não tanto por lapso de memória, mas principalmente por uma inexplicável perturbação do cérebro. Em resumo, jamais encontrei sequer um matemático que merecesse confiança fora das raízes quadradas ou que não mantivesse secretamente como uma questão de fé a crença de que $X^2 + px$ fosse definitiva e incondicionalmente igual a q. Declare a algum desses cavalheiros, só a título de teste, se assim preferir, que pode acontecer de $X^2 + px$ não ser igual a q, e, caso consiga fazê-lo entender do que você está falando, o melhor é fugir do seu alcance o mais depressa possível porque, sem dúvida, ele vai tentar nocauteá-lo.

E continuou Dupin, enquanto eu ria diante dessa última observação:

— O que quero dizer é que, se o ministro não fosse mais do que um mero matemático, o chefe de polícia não teria tido necessidade de me deixar esse cheque. Eu já o conhecia, entretanto, como matemático e como poeta, e minha avaliação foi adaptada à sua capacidade, considerando as circunstâncias que o envolviam. Eu o conhecia também como homem da Corte, e como um ousado articulador de intrigas. Considero que um homem desses não deixaria de estar ciente a respeito dos métodos ordinários de ação da polícia. Não deixaria jamais de prever (e tudo o que aconteceu prova que de fato não deixou) os procedimentos da investigação que sofreria. Deve ter calculado, penso eu, que sua residência seria vasculhada meticulosamente. Suas frequentes ausências durante a noite, encaradas pelo chefe de polícia como propícias para seu próprio sucesso, eu as vejo como nada mais do que ardis, justamente para permitir à polícia oportunidades para a busca e logo lhes transmitir a convicção... o que aliás funcionou com G... de que a carta não estava naquele prédio. Creio também que todo o encadeamento de raciocínio que me dei o trabalho de detalhar para você, agora, a respeito dos métodos de investigação policial, quando estão à procura de objetos ocultos, passou igualmente pela mente do ministro. É o que deve tê-lo levado, imperativamente, a desprezar todos os esconderijos comuns. Penso que ele não seria tão idiota a ponto de deixar de ver que o mais intrincado e remoto recanto da sua residência estaria tão exposto quanto o mais comum dos armários aos olhos, aos testes, às verrumas e aos microscópios do chefe de polícia. Em suma, vi que ele seria levado evidentemente ao procedimento mais simples, se não tivesse já tendência deliberada para tal, aliás. Talvez você recorde que o chefe de polícia riu descontroladamente quando eu sugeri, já em nossa primeira conversa sobre o assunto, que era meramente possível que o mistério o confundisse tanto apenas por ser óbvio demais.

— Sim, eu recordo... — disse eu. — Reagiu com tanta hilaridade que pensei que fosse ter convulsões.

— O mundo material — prosseguiu Dupin — é abundante em analogias muito próximas ao imaterial. E mesmo que algum resquício de verdade tenha sido conferido ao dogma retórico, a metáfora ou o sorriso podem servir igualmente para fortalecer um argumento, assim como para ornamentar uma descrição. O princípio da *vis inertiae*,[23] por exemplo, parece idêntico na física e na metafísica. Não é mais verdade, na primeira, que um corpo grande exige mais esforços do que um menor para ser posto em movimento e que seu *momentum*[24] subsequente é proporcional a essa dificuldade, do que, na segunda, quando intelectos com maior capacidade, embora mais poderosos, mais constantes e mais refinados em seus movimentos do que aqueles de menor alcance, são também os menos aptos a reagir prontamente e sofrem de mais embaraços para fazê-lo, sempre cheios de hesitação nos primeiros e poucos passos de seus avanços. Novamente, você já reparou quais os anúncios de rua, sobre as portas das lojas, são os mais atrativos aos passantes?

— Nunca pensei no assunto — respondi.

---

[23] Ou *Inércia*. Força de resistência de um objeto a entrar em movimento ou à aceleração.

[24] Força que, aplicada a um objeto, impele ao movimento ou à aceleração.

— Há um jogo de charadas — ele resumiu — praticado sobre um mapa. Um dos jogadores pede ao outro que encontre determinada palavra... o nome de uma cidade, um rio, um estado ou um império... qualquer palavra, em suma, sobre a congestionada e intrincada superfície do mapa. O jogador iniciante em geral tenta atrapalhar seus adversários lhe dando os nomes com letras bem miúdas, enquanto o veterano escolhe palavras com caracteres grandes, que se estendem de uma borda à outra do mapa. Justamente essas, como os cartazes e as placas maiores na rua, escapam aos nossos olhos por serem excessivamente óbvias. E aqui a distração física é precisamente análoga à inapreensão moral, pela qual o intelecto deixa passar despercebidas as considerações que sejam por demais expostas ou evidentes. Mas eis aí um aspecto, aparentemente, acima ou abaixo da compreensão do chefe de polícia. Jamais ele haverá pensado na probabilidade, ou mesmo na possibilidade, de que o ministro houvesse deixado a carta bem debaixo do nariz de todo mundo, sendo essa a melhor maneira de impedir que qualquer pessoa a percebesse.

Dupin tomou fôlego, antes de prosseguir:

— Quanto mais eu refletia sobre a ousadia, o atrevimento, a temeridade engenhosa de D... e sobre o fato de o documento precisar estar sempre ao alcance de suas mãos, caso ele tencionasse usá-lo eficazmente, e ainda sobre o dado decisivo trazido pelo chefe de polícia, o de que a carta não estava escondida dentro dos limites usuais da busca da autoridade oficial, mais inclinado eu me tornava a entender que, para ocultar a carta, o ministro havia recorrido ao valioso e sagaz expediente de não tentar, de modo algum, ocultá-la.

Meu amigo soltou uma discreta risadinha e foi em frente:

— Com isso em mente, muni-me de um par de óculos escuros e, como que por acaso, visitei um belo dia a residência do ministro. Encontrei D... em casa, bocejando e espreguiçando-se, sem ter o que fazer, como de costume, mas fingindo estar tomado do mais absoluto tédio. Estamos falando, talvez, do ser humano mais dinâmico e vivo no mundo, mas isso quando ninguém o vê em ação. Para não ficar em desvantagem, queixei-me de vista fraca e lamentei a necessidade de usar óculos escuros, um recurso que me permitia, com cuidado mas sem deixar nada escapar, passar em revista todo o aposento, parecendo o tempo todo estar atento à conversa do meu anfitrião.

Outra pausa, e Dupin prosseguiu:

— Prestei especial atenção a uma grande mesa de trabalho próxima de onde ele estava sentado, que parecia estar particularmente desarrumada, com uma miscelânea de cartas e outros papéis, um ou dois instrumentos musicais e alguns poucos livros em cima. Ali não havia nada que atraísse suspeita em particular. Finalmente, meus olhos, passeando pelo quarto, caíram sobre um porta-cartão, um objeto barato feito de papelão filigranado, pendurado por uma fita azul encardida num arremate de bronze na cornija da lareira. Nesse porta-cartão, que tinha três ou quatro divisórias, havia cinco ou seis cartões de visita e uma carta. Esta parecia bastante manchada e amassada, praticamente rasgada em duas, dobrada que estava na metade, como se alguém tivesse tido a intenção, num primeiro impulso, de rasgá-la de fato, como papel inútil que era, e houvesse adiado ou modificado esse propósito logo a seguir. A carta tinha um grande selo negro, em que se destacava o *D* do ministro. Estava ali largada sem cuidados, numa das divisórias superiores do porta-cartão. Logo que vi essa carta, concluí que era o que eu procurava. Para deixar claro, era radicalmente diferente da acurada descrição lida para nós pelo chefe de polícia. Nela, o selo era grande e negro, com a inicial *D*, enquanto lá era pequena e vermelha, com o brasão das armas ducais da linhagem *S*. Aqui, havia o endereço do destinatário, o ministro, pequeno e escrito com caligrafia feminina. Lá, o sobrescrito dirigido a certa personalidade da realeza era notadamente largo e forte. Somente o formato correspondia, em ambas. Mas, insisto, a radicalidade dessas diferenças, tão ostensiva, a sujeira e o mau estado do papel, todo amassado, eram tão discrepantes dos hábitos notoriamente metódicos de D... e tão sugestivos a induzir quem a visse a pensar que nada valia... Todas essas coisas, junto com a posição exageradamente à mostra do documento, totalmente à vista de quem entrasse ali, e ainda em exata concordância com as conclusões às quais cheguei anteriormente, quero dizer, tudo somado, reforçava poderosamente as suspeitas de alguém que ali viera propenso a suspeitar.

Dupin refletiu por alguns segundos, então continuou o relato:

— Prolonguei minha visita tanto quanto pude, sempre mantendo uma conversa bastante animada com o ministro sobre um tema que, assim eu sabia, jamais deixava de interessá-lo apaixonadamente. Enquanto isso, mantinha minha atenção inteiramente dirigida à carta. Examinando-a, guardei profundamente na memória sua aparência externa e sua posição no porta-cartão. Além disso, no final de tudo, fiz uma descoberta que deixou de lado toda e qualquer mínima dúvida que eu ainda pudesse nutrir. Ao examinar as extremidades do papel, observei que estavam mais gastas do que seria necessário. Apresentavam aquele aspecto destratado que acontece quando um papel duro que já foi antes dobrado e pressionado sobre uma espátula é de novo dobrado pelo reverso, nas mesmas dobras ou extremidades que formaram a dobra original. Essa descoberta foi o quanto bastou. Ficou claro para mim que a carta havia sido revirada como uma luva, pelo avesso, que haviam escrito nela novo endereçamento e colocado outro selo. Despedi-me do ministro, desejando-lhe um *bom dia*, e saí de lá imediatamente, deixando sobre a mesa a minha cigarreira de ouro.

Dupin pareceu sorrir pelos cantos dos lábios, antes de continuar:

— Na manhã seguinte, voltei lá à procura da minha cigarreira, e o ministro retomou, de bom grado, a conversa do dia anterior. Estávamos entretidos nisso quando imediatamente abaixo da janela do aposento soou uma série de gritos assustados e os disparos de uma pistola. D... correu para a janela e abriu-a, debruçando-se para olhar para fora. Nesse meio-tempo, avancei até o porta-cartão, peguei a carta, coloquei-a em meu bolso e a substituí por uma cópia exata (pelo menos na aparência externa) que eu havia, cuidadosamente, preparado em meus aposentos, imitando mesmo a inicial *D*, com um selo que fabriquei com miolo de pão.

Meu amigo avançou o corpo na cadeira e fitou-me, enquanto falava:

— O alarido na rua foi ocasionado pelo procedimento enlouquecido de um homem armado com um mosquete, que havia disparado no meio de uma multidão de mulheres e crianças. Mas, como se constatou depois, a arma não tinha balas, e assim mandaram o sujeito embora, considerando-o louco ou bêbado. Quando ele se foi, D... voltou da janela, para onde eu havia ido, em sua direção, logo depois de ter guardado o objeto que desejava. Pouco depois, me despedia. É claro que o suposto lunático era alguém pago por mim.

— Mas qual era seu propósito — perguntei — ao substituir a carta por uma reprodução? Não seria melhor, logo na primeira visita, tê-la pegado, sem disfarces, e saído dali?

— Acontece que D... — replicou Dupin — é um homem decidido e capaz de tudo. Sua residência está repleta de agentes seus, devotados à defesa de seus interesses. Se eu houvesse adotado o procedimento temerário que você está sugerindo, poderia não deixar viva a presença do ministro. Daí, talvez, o bom povo de Paris nunca mais escutasse falar de mim. Mas, além desses cuidados, tinha outro propósito. Você conhece minhas inclinações políticas. Nesse caso da carta roubada, agi também como um partidário da senhora em questão. Por dezoito meses o ministro a teve em seu poder. Agora, é ela que tem domínio sobre ele, já que, sem saber que já não está com a carta, ele continuará suas extorsões, procedendo como se ainda a tivesse. Portanto, inevitavelmente, ele está se condenando à destruição política, e a sua queda será precipitada e desastrosa. É muito bom falar sobre o *facilis descendus Avernis*, mas, como diz Catalani[25] sobre o canto, é muito mais fácil subir do que descer. No caso em questão, não me solidarizo... nem tenho pena... por aquele que desce. É ele esse *monstrum horrendum*, um homem genial mas sem princípios, e, confesso, gostaria de conhecer em detalhes o que lhe correrá pela mente, quando, desafiado por aquela a quem o chefe de polícia chama de "certa personalidade", abrir a carta que lhe deixei no porta-cartão.

— O quê? Você deixou uma mensagem para ele?

— Ora... não me pareceu educado deixar dentro do envelope um papel em branco. Isso seria um insulto. Certa feita,

---

[25] Compositor de ópera italiano (1854-1893).

em Viena, D... me pregou uma partida cruel, sobre a qual, com bom humor, comentei com ele que jamais esqueceria. Assim, como sei que ele ficaria curioso por saber quem foi a pessoa que o superou, achei que seria uma pena não lhe deixar uma pista. Ele conhece bem minha caligrafia, de modo que fiz apenas copiar, bem no centro da folha em branco, as palavras: "Um desígnio tão funesto, se não é digno de Atreia, é digno de Triesto." É uma citação de *Atrée*, de Crébillon.[26]

---

[26] Prosper Jolyot de Crébillon (Dijon, 13 de janeiro de 1674—Paris, 17 de junho de 1762) foi um poeta trágico francês. Sua peça de maior sucesso foi *Atreé de Thyeste*, de 1707.

Comentário

"ELEMENTAR, MEU caro Watson..."
Apesar de celebrizada depois de uma versão cinematográfica, essa frase jamais foi proferida por Sherlock Holmes nos livros de Conan Doyle. E, aliás, na participação do Dr. Watson não há nada de elementar. Trata-se de um recurso técnico refinado que traz o leitor (suas perguntas, sua necessidade de explicações) para dentro da história. Watson é o leitor dentro da história, nosso representante, de todos nós que não estamos em cena para ver, escutar e cheirar detalhes que só a Holmes chamam a atenção, e que só em sua mente fazem sentido, começando a se encaixar como peças de um quebra-cabeça que levam às famosas deduções geniais do detetive de Conan Doyle.

Acontece que, sem Watson, seria impossível *ler*, rigorosamente falando, a novela. Só haveria alguém chegando à casa da Baker Street, pedindo a ajuda de Sherlock, depois seu mudo passeio pela cena do crime, e finalmente seu dedo inclemente apontando o culpado. Mas *como* chegou a tal conclusão? Qual caminho seguiu seu raciocínio? Essa é a função do chamado *sidekick*, o *coadjuvante a tiracolo*, que pergunta, exige explicações, as quais são assim dadas por tabela ao leitor; é o que fazem Watson, nas histórias de Sherlock, e seu genitor, o anônimo amigo de Dupin, que narra suas aventuras (assim como Watson será o biógrafo de Holmes).

Poe não inventou o *sidekick*. A rigor, os Diálogos de Platão,[27] numa visão simplificadora, já elencavam sempre um interlocutor que fazia as perguntas necessárias ao filósofo para que este desse aquele *banho* de sabedoria. Isso, então, cerca de 500 anos antes de Cristo. Outro *sidekick* ancestral citado com frequência é Sancho Pança. Sem ele, as cenas em que D. Quixote enxerga os feitiços do seu arqui-inimigo, o Mago Frestão, ficariam sem o contraponto do pão-pão queijo-queijo, proporcionado por Sancho Pança. Quixote vê gigantes, mete as esporas em Rocinante, ergue a lança em riste e ataca; Sancho Pança fica gritando atrás de seu amo que ali o que há são moinhos. Ele é necessário para que nós, leitores, tenhamos essa outra referência sobre as aventuras de D. Quixote. Poe trouxe o recurso do *sidekick* para a literatura policial, e com isso, ao incluir nas entrelinhas o leitor, abriu todo o caminho para a popularização do gênero.

Os modelos originais de Holmes e Watson estão nos contos policiais de Edgar Allan Poe. Entre Dupin e o amigo anônimo, assim como entre Holmes e Watson, não só a articulação funcional dos dois personagens é perfeita, como foi essa genial inovação uma das bases da novela policial moderna.

Poe, ao criar o seu *sidekick*, estaria também criando as amigas de Miss Marple, os companheiros de aventuras Hastings

---

[27] Platão foi um filósofo grego, que nasceu e morreu em Atenas (426-427 a.C. — 348-347 a.C.). Os seus *Diálogos* registram as conversas de Sócrates, mestre de Platão, com diferentes interlocutores, por meio das quais o filósofo passava suas reflexões.

e Japp, que se alternam nas histórias do detetive Poirot, e inúmeros outros. No final de *Cortina*, Bernardo assume a função do mais perspicaz, do detetive que vai desvendar o mistério e, nos representando com o que seriam nossas perguntas, Muna vira sua *sidekick*. Assim como o Sr. G..., na adaptação de Vitória, exerce a função de *sidekick* de Dupin.

Fora isso, temos, evidentemente, a estrela do show, o próprio Dupin, que reúne todas as qualidades que modelaram a maioria dos astros-detetives posteriores. Dupin *enxerga* o que os demais somente *veem* ou mesmo *olham* (sem reparar, sem dar importância); tem uma fenomenal capacidade de distinguir o que é e o que não é relevante, ou seja, o que se constitui em *pista*; e uma incomparável inteligência voltada para a compreensão dos seus antagonistas e para seu poder de dedução. Fora isso, como característica peculiar, tem sólida formação científica, filosófica e cultural. Aí estão alguns dos elementos fundamentais de um Hercule Poirot e muitos outros, incluindo grande parte dos detetives do século XX, ou pelo menos toda uma linhagem anterior e não relacionada ao *romance noir* americano, representado por Dashiell Hammett e descendentes (que apostaram no detetive-sabujo, farejador, *gente-como-a-gente*).

Indo adiante, o grande segredo de *Cortina* é o princípio exposto por Dupin para ocultar a carta sem de fato ocultá-la. Aqui, também, fica sempre implícito, a cada trecho de troca de cena da adaptação do conto para o teatro Caixa de Pandora, que há alguém encarregado de abrir e fechar as cortinas. Isso se insinua pelas marcas/legendas da reprodução do texto da peça, sem que se informe diretamente esse dado ao leitor. Quer dizer, as regras do *desafio* entre o autor e o leitor foram respeitadas. O culpado (no caso, pelo sumiço da carta) está à vista do leitor, que tem uma chance justa de reparar nele. O caso é que a força da obviedade é tanta que o *cortinista*, chamado Natural, passa diante de nossos olhos sem ser visto. Não damos *importância*, quase que por condicionamento social, à sua tarefa e não o reconhecemos como *personagem* — este foi o efeito presumido e explorado por Luiz Antonio Aguiar. As regras desse desafio (explicitadas pelo personagem Bernardo) são o esteio de muitas e muitas novelas policiais, sacramente seguidas, por exemplo, por Agatha Christie e outros.

Finalmente, um toque que é dado no conto sobre as artes da adaptação. Da literatura para o teatro, de um conto para sua recriação, incidem *modificações*, que tanto têm a ver com as linguagens próprias de meios diferentes quanto com os diferentes efeitos pretendidos pelos autores. Por exemplo, se na peça *escrita* por Vitória, a adaptação para teatro de *A carta roubada*, Auguste Dupin ocupasse o palco para um longo monólogo no qual relataria por inteiro as suas visitas a D..., como ocorre no conto, a peça ficaria intragável. Era preciso, como ressalta Vitória, transformar o que é relato, no conto, em cena, na adaptação para teatro.

Assim, em vez de o caso ser narrado pelo *amigo anônimo* — que nos repassa o relato *literal* que recebeu de Dupin —, o espectador da peça (que representa também o leitor) é introduzido na sala de D... e nos outros ambientes da história. Sendo assim, o *amigo* perdeu sua função de *narrador*, passou a de *sidekick* para o inspetor G... — e foi excluído da trama. São artes da *adaptação*, ou mesmo *preocupações*, as quais Poe — sempre escrevendo em função de efeitos pretendidos no leitor, deliberando cuidadosamente sobre os elementos que colocava em ação —, se não aprovasse, não poderia isentar-se da responsabilidade de tê-las transmitido aos escritores de hoje e à própria Literatura.

O GATO

ROGÉRIO ANDRADE BARBOSA

Recriando
O gato preto

UMA DAS mais impressionantes e famosas histórias de Poe foi publicada pela primeira vez em 1843 com o título *The Black Cat*, na *Saturday Post*, da Filadélfia, uma revista bimestral que orgulhosamente ostentava na capa ter sido fundada por Benjamin Franklin. Era uma publicação bastante popular, lida em todo o país.

Ícone da *má sorte*, da *bruxaria*, dos *mistérios da noite*, o gato preto em Poe ecoa todo esse imaginário, e mais o toque pessoal do autor — a inexplicabilidade dos atos e das compulsões humanas, e da própria loucura. Sobre sua recriação, comenta Rogério Andrade Barbosa:

Ainda jovem, mergulhei no mundo enigmático e aterrorizante de Edgar Allan Poe: personagens angustiados, mórbidos, donzelas cadavéricas; pessoas enterradas vivas, mansões sombrias que desabavam como um castelo de cartas... Contos de mistérios, que pareciam insolúveis, decifrados por um detetive arguto como ninguém: Dupin. Esses eram os meus favoritos

Por isso, assim que recebi o convite para escrever um texto baseado na obra do fantástico escritor, já sabia qual deles iria escolher. Justamente o conto que mais me impressionou na juventude, com um final surpreendente, inigualável, que vem provocando calafrios em gerações e gerações de leitores desde o século XIX: *O gato preto*!

Então, nas pegadas do grande mestre, na minha história não poderia faltar um gato preto, agourento, sinistro...

O gato

ROGÉRIO ANDRADE BARBOSA

Atirei o pau no ga-to-to,
Mas o ga-to-to
não morreu-reu-reu.
Dona Chi-ca-ca
admirou-se-se
Do ber-ro, do ber-ro
que o gato deu:
MIIIIIAAAAUUUU!

(Canção de roda tradicional, considerada, nos dias atuais,
politicamente incorreta. Será?)

SEMPRE TIVE horror a gatos. Não me perguntem a razão do ódio que tenho aos agourentos felinos. Sou um homem supersticioso. E superstição não se discute.

Por outro lado, gosto de cães. São fiéis, obedientes e permanccem ao lado de seus donos em qualquer situação. Basta olhar os que vivem nas ruas velando o sono profundo dos mendigos que se espalham pelas calçadas. Os gatos, ao contrário, são fiéis ao lar que lhes dá abrigo, mas jamais aos seus proprietários.

Acredito piamente que os gatos, entes maléficos, dão azar e têm parte com o demônio. Quando os vejo, cruzo os dedos, desvio-me de seus caminhos. Não me adianta saber que em muitos países são considerados animais benfazejos, portadores da felicidade e até mesmo sagrados. Fico com aqueles que os consideram a personificação do Mal. Essa dualidade talvez explique, segundo alguns estudiosos, sua atitude a um só tempo terna e dissimulada. Só sei que tenho pavor a eles, em especial aos gatos pretos, que, em inúmeras tradições, simbolizam a obscuridade e a morte.

Nos últimos dias, por coincidência, os jornais noticiaram os estranhos fatos ocorridos em um asilo de idosos causados por um desses seres nefastos. Um bichano preto, como as trevas da noite mais escura, saído não se sabe de onde, dera para aparecer na enfermaria da casa de assistência social, pouco antes que os internos passassem desta para a melhor.

Os velhinhos, apavorados, imploravam para que trancassem as portas e janelas de seus quartos. Mas o indesejado sempre dava um jeito de se esgueirar entre as pernas de um médico ou de uma visita, como um arauto da morte.

Os bizarros falecimentos só cessaram quando o gato foi abatido a pauladas, feito uma ratazana, por funcionários do asilo que permaneceram dias e noites à espreita.

A fotografia do tétrico troféu, pendurado numa árvore, foi estampada em destaque na primeira página dos jornais populares. Daqueles que, dizem, quando se espreme, deixam sair sangue de suas páginas.

Lembro que a cobertura dada pela imprensa sensacionalista à morte do gato causou fúria e protestos veementes por membros de diversas sociedades protetoras do direito e defesa dos animais...

Por que tudo isso me veio à cabeça antes de transpor os muros maciços da prisão, onde pagaria pelo pérfido crime que cometi?

Eu lhes conto:

sou um autodidata que trabalhava como pedreiro para ganhar o pão de cada dia. Os livros que pegava emprestados toda semana na biblioteca instalada na estação central de trens preenchiam a minha revolta interior contra o mundo, a falta de estudos, a mesmice do meu dia a dia de operário braçal e a solidão que me consumia o peito.

Sou, confesso, um leitor voraz. O meu único consolo é que vou dispor de tempo suficiente para ler os livros que quiser, enquanto meus ossos, confinados numa masmorra imunda, forem apodrecendo lentamente.

O desatino que eu cometera, causador da minha desgraça, acontecera no lugar onde fora contratado por uma viúva para trabalhar. Assim que cruzei a porta do velho casarão de dois andares no alto de uma colina isolada, um gato preto, de pelo luzidio e olhar demoníaco, enroscou-se em minhas pernas, esfregando-se obscenamente.

A dona da casa, senhora de seus 80 anos, alta e magra, tinha a pele seca como a de uma múmia. Apoiada numa bengala, explicou, enquanto acariciava o animal de estimação com a ponta prateada de seu bastão, que o bichano tinha o hábito de farejar todos os estranhos que adentravam os seus domínios.

O interior do casarão sombrio, semelhante a um antiquário, exalava o fedor característico de imóveis habitados por gerações de gatos. A catinga inconfundível de urina que impregnava os aposentos logo invadiu minhas narinas, causando-me asco e ânsias de vômito.

Por sorte, fui conduzido a um quintal enorme, local onde a dona da casa desejava aumentar o muro de tijolos ao redor de sua propriedade. Para afastar de vez os moleques que viviam roubando as frutas de suas árvores, recomendou-me, num esgar sádico, que, ao final do serviço, eu espalhasse e fixasse cacos de vidro no topo.

Ela não se contentava em barrar os pequenos invasores. Sentia, percebi, um prazer que beirava as raias do sadismo com a possibilidade de cortar as mãos dos que ousassem galgar a muralha.

Nisso, notei doze cruzes minúsculas, dispostas em simetria, seis de cada lado, em um canteiro bem-cuidado. Não precisei perguntar de quem eram. A mulher, com um ar tristonho, explicou que ali jaziam os restos mortais de seus amados gatinhos.

Durante as semanas em que trabalhei, não teve um dia sequer em que o gato preto, com seu jeito esquivo e desdenhoso, não aparecesse para me perturbar. Desconfiado, rondava e ronronava ao meu redor, mantendo uma discreta distância, ao mesmo tempo que fixava seus olhos diabólicos nos meus. Porém, a qualquer sinal de aproximação, escorraçava-o a pontapés, fazendo-o bater em retirada.

Poucos dias antes de concluir o muro, com o espírito abalado pela enchente que invadira meu barraco, destruindo meus parcos pertences, tomei coragem e pedi um adiantamento à dona da casa.

Ela elevou a voz e, num tom ríspido, disse que eu tratasse de terminar o trabalho para receber o que havia sido combinado. Não me surpreendeu a brusca resposta. Já havia percebido que era dona de um gênio terrível, pois, por qualquer coisa, cobria-me de insultos.

Certa vez, ao me flagrar folheando um livro que trazia no bolso da calça, tachou-me de preguiçoso, olhando-me de cima a baixo como se eu fosse um ser desprezível, sem reconhecer a minha sede espiritual.

Humilhado, tive ganas de lhe apertar o pescoço, mas contive a ira que irrompeu em meu peito. Naquela mesma tarde, no alto da escada, enquanto cimentava o topo do muro com os cacos de vidro exigidos pela megera, vi, sem ser notado, quando ela entrou em seu quarto e retirou um cofre de trás da imagem de uma santa, na parede acima de sua cama.

Sem querer, descobrira o esconderijo onde ela guardava os pesados cordões de ouro que adorava ostentar no pescoço enrugado.

Após a conclusão do serviço, esperei um mês para retornar ao casarão. Tudo bem planejado. Os bandidos, tanto na vida real como nos livros policiais, sempre pensam que nunca serão pegos. A arrogância, invariavelmente, acaba se voltando contra eles. Cometem erros primários. Deixam pistas para trás. Eu não iria deixar.

Foi num domingo à noite, quando a viúva dispensava as duas empregadas e passava o dia na casa de uma das filhas. Enfiei, numa maleta surrada, um macacão velho, um par de luvas e outro de botinas amarradas com lona, um rolo de cordas e um pé de cabra.

Naquela madrugada o tempo parecia estar a meu favor. Caía um aguaceiro infernal e não se enxergava vivalma nas imediações do casarão. Encharcado, troquei de roupa e de calçado no barranco escorregadio atrás da residência.

Foi fácil escalar o muro. Entre os cacos de vidro eu cravara, premeditadamente, um pedaço de ferro recurvo no qual lacei e prendi a corda.

Arrombei a porta da cozinha e entrei. Tudo escuro. Por via das dúvidas não me atrevi a acender nem um fósforo.

Mesmo sabendo que a casa estava vazia, subi a escada de madeira com extrema cautela, na ponta dos pés. Ainda assim, os degraus rangiam a cada passo que eu dava, tateando feito um cego, enquanto avançava no meio da escuridão.

De repente, o mundo desabou. Tão logo entrei no quarto levei uma pancada violenta na cabeça que me jogou ao solo.

Nesse instante, o clarão de um relâmpago iluminou o aposento, revelando o rosto de meu agressor.

Era a viúva, vestida num camisolão, sacudindo a bengala no ar!

Antes que a bruxa rachasse a minha cabeça de vez, dei-lhe uma rasteira e joguei-me sobre ela.

Não tinha, juro, intenção alguma de matá-la. Mas, movido por um ódio incontrolável, apertei o seu pescoço até ela não se mexer mais. Na luta, a mulher conseguira arrancar uma das minhas luvas. E foi na mão desnuda que senti uma dor lancinante, como se tivessem me enfiado mil agulhas.

O gato, para meu horror, surgido das trevas do inferno, cravara-me as presas em socorro de sua dona! Sacudindo a mão, joguei-o violentamente de encontro à parede do quarto. E, com medo de que ele me atacasse novamente, abati o amaldiçoado a bengaladas.

Tornei a calçar a luva. Acendi uma vela. Por sorte, não caíra nem uma gota de sangue no assoalho. Passei a mão na cabeça. A touca de lã e o meu cabelo crespo haviam amortecido a pancada. Ninguém perceberia o hematoma, pensei, apalpando o inchaço que já começava a se formar no alto do crânio.

Os remédios e a receita em cima da mesinha de cabeceira atestavam o porquê de a mulher estar em casa naquele domingo. Arrombei o cofre. Tirei as joias e as guardei dentro da bolsa. Tomado por uma fúria mortal, peguei as pernas da viúva e arrastei o cadáver escada abaixo.

O ruído seco da cabeça da velha batendo nos degraus, feito a marcação lúgubre do tambor de uma marcha funérea, martela até hoje, incessantemente, os meus ouvidos. Esse som, com certeza, será o último que ouvirei antes de fechar meus olhos para sempre.

Debaixo do temporal, em meio a raios e trovões assustadores, amarrei uma pedra pesada sob as vestes da morta, antes de jogá-la dentro do poço no meio do jardim. Se a chuva forte persistisse, calculei, a água cobriria o corpo durante um bom tempo, antes de ele ser descoberto.

Ainda faltava o toque de maldade derradeiro, do ato insano que havia cometido. Quando retornei ao quarto, o gato, dono de sete vidas, arfante, estrebuchava estirado no chão.

Agarrei o excomungado pelo rabo e, só de crueldade, levei o bicho para o quintal e o emparedei sob uma das fendas que abrira ao longo do muro, a pedido da finada.

O corpo do gato, que ainda se contorcia em seus espasmos finais, coube perfeitamente em um dos nichos nos quais sua dona planejava cultivar vasos de flores. Aproveitando um resto de tijolos e cimento guardado no galpão, argamassei a parede de modo que ninguém pudesse descobrir a pequena tumba. Lacrei o bicho para sempre, do mesmo modo que os sacerdotes egípcios procediam na antiguidade com os animais sagrados.

Ao deixar a casa, espezinhei propositalmente as cruzes que marcavam as covas dos gatos da madame. O décimo terceiro recebera o sepulcro merecido. Sem me dar conta do número fatídico, eu dava início ao meu calvário.

O aguaceiro aumentara. Tudo conspirava a meu favor. A enxurrada carregaria qualquer vestígio de minhas pegadas. Mudei de roupa e de calçado em um terreno baldio próximo à estação. Depois, guardei as joias dentro do meu casaco e enterrei, num depósito de lixo, a bolsa com o macacão, o par de botinas, as luvas e a ferramenta usada no casarão.

Em vez de ir para casa, desci na última estação da linha do trem, num subúrbio longínquo, em busca de um posto médico. A mão latejava. Para aplacar a dor e evitar o perigo de uma infecção, a enfermeira aplicou-me uma injeção antitetânica.

Três dias depois os jornais anunciaram que, entre os suspeitos do bárbaro assassinato da viúva, encontrada pelos policiais dentro de um poço, estava o pedreiro que fizera obras na casa, um mês antes do crime.

Para não levantar suspeitas, apresentei-me de livre e espontânea vontade. Foi meu erro.

O delegado, homem tarimbado em seu ofício, era sagaz. Ao ver a minha mão enfaixada, foi logo querendo saber o que tinha acontecido. Aleguei que tinha sido atacado por um cachorro. Chamaram um médico. Após um rápido exame, o doutor, um legista com cara de papa-defunto, atestou que a mordida fora feita por um gato.

Fui preso na hora. Apanhei muito na cadeia, mas não confessei. Mesmo sob torturas, que me fazem tremer só de lembrar, não assumi a culpa. Durante as sessões de pancadaria, rangia os dentes, mordia os lábios e, num esforço sobre-humano, consegui manter-me calado o tempo inteiro. Procedia da mesma forma que, quando menino, adotava para suportar os constantes abusos de meu padrasto.

Em busca de indícios da minha participação no homicídio, reviraram o meu barraco à procura de provas e não encontraram nada que me incriminasse. As joias estavam bem escondidas, dentro de uma tubulação do esgoto que dava para a rua.

Depois, levaram-me, debaixo de pescoções e xingamentos, até a casa da viúva. Fazia uma semana que eu cometera o crime hediondo. Andaram comigo pelo casarão inteiro, fazendo todo tipo de perguntas. Permaneci mudo. A mesma coisa no quintal. Queriam saber qual era a parte do muro que eu tinha aumentado. Fui apontando, explicando os detalhes do acabamento, dando a entender que eu não passava de um mero trabalhador. Foi então que ouvi o miado sepulcral, vindo do interior da parede.

Os policiais, no mesmo instante, quebraram o pedaço do muro onde o bicho permanecera emparedado. O demônio, com os olhos injetados de sangue, ainda vivia! Quando me viu, jogou-se sobre mim, tentando destroçar a minha garganta.

Fui salvo pelos guardas. Mas não consegui escapar da pena imputada pela justiça... E eu que pensava que só os cães eram fiéis. Maldito gato!

O gato preto

Edgar Allan Poe

Tradução de Luiz Antonio Aguiar

Não espero nem solicito que qualquer pessoa acredite nesta narrativa assustadora, embora também bastante familiar, que inicio aqui. Eu seria louco se tivesse tal expectativa, a um ponto em que meus próprios sentidos rejeitam aquilo que testemunham. E no entanto, louco não sou — e tenho certeza de que não estou sonhando. Mas morrerei amanhã e hoje quero aliviar minha alma. Meu objetivo imediato é apresentar ao mundo, do modo mais direto, sucinto e sem comentários, uma série de incidentes meramente domésticos. O fato é que esses incidentes me aterrorizaram, torturaram e destruíram. Mesmo assim, não tentarei explicá-los. Para mim, nada representam além do horror — embora muitos os considerassem somente estranhos. Quem sabe, depois disso, alguma compreensão possa ser encontrada, que reduza meu fantasma a algo comum e explicável — alguém com uma inteligência mais serena, mais lógica e muitíssimo menos impressionável do que a minha, e que perceberá nestas circunstâncias que descrevo em detalhes, com assombro ainda, uma vulgar sucessão de causas e efeitos naturais.

Desde a minha infância, sempre fui conhecido por minha docilidade e por minha sociabilidade. A ternura do meu coração era tão acentuada que me tornava alvo das piadas de meus amigos. Tinha uma afeição especial por animais, e meus pais sempre me proporcionaram inúmeros e variados mascotes. Com eles, eu passava grande parte do meu tempo, e jamais me sentia tão feliz como quando os alimentava ou acariciava. Essa particularidade do meu caráter cresceu comigo e, já em minha idade adulta, extraía daí uma das minhas principais fontes de prazer. Para aqueles que já nutriram carinho por um cão leal e sagaz, mal preciso me dar ao trabalho de explicar a natureza da gratificação que deriva daí. Há algo no amor de um animal, sempre imune ao egoísmo e propenso ao autossacrifício, que toma direto o coração daquele que teve oportunidade frequente de experimentar a frágil amizade e irrisória lealdade do mero homem.

Casei ainda jovem e, para minha felicidade, encontrei uma esposa com temperamento não diferente do meu. Observando minha inclinação por mascotes domésticos, ela não perdia oportunidade para procurar os animais que mais me agradavam. Tínhamos pássaros, peixes dourados, um belo cão, coelhos, um pequeno macaco e um gato.

Este último era um felino notavelmente bonito e grande, inteiramente preto e espantosamente esperto. Ao comentar sua inteligência, minha esposa, que não era, nem mesmo no seu íntimo, supersticiosa, aludia com frequência à crença popular de que todos os gatos eram bruxas disfarçadas. Não que jamais falasse nisso a sério — e a única razão de mencionar esse assunto é porque acabou de retornar à lembrança.

Plutão — era esse o nome do gato — era meu mascote e meu companheiro de brincadeiras favorito. Era sempre eu quem o alimentava, e ele me acompanhava pela casa inteira.

Eu tinha até mesmo dificuldade em evitar que ele me seguisse pelas ruas.

Assim foi nossa amizade por anos, nos quais meu temperamento habitual e meu caráter — por conta da influência de uma diabólica intemperança — sofreram (enrubesço ao confessá-lo) uma mudança radical para pior. Dia a dia, eu me tornava mais e mais taciturno, mais irascível, cada vez menos atencioso quanto aos sentimentos dos demais. Cheguei mesmo a falar de modo grosseiro com minha mulher. A certa altura, já a tratava com violência física. Meus mascotes, é claro, também foram vítimas das mudanças em meu espírito e jeito de ser. Não apenas passei a negligenciá-los, como até mesmo os maltratava. Em relação a Plutão, no entanto, ainda conseguia me conter o suficiente para não judiar dele, embora não tivesse escrúpulos em fazê-lo com os coelhos, o macaco e até mesmo o cachorro, sempre que, ou por acidente, ou por causa do afeto que me tinham, cruzavam meu caminho. Entretanto, essa doença cresceu dentro de mim — e o que mais, se não doença, é o álcool? — e, mais à frente, até mesmo Plutão, que já envelhecia e por isso se tornava um tanto cheio de manias — até mesmo Plutão começou a sofrer as consequências dos meus maus humores.

Certo dia, voltando para casa absolutamente embriagado de uma das tavernas sombrias que frequentava pela cidade, achei que o gato estava evitando minha presença. Agarrei-o, então, e ele, aterrorizado com minha violência, me feriu levemente, com uma dentada na mão. A fúria de um demônio imediatamente se apossou de mim. Eu já não me reconhecia. Minha alma original parecia ter abandonado de vez o meu corpo, e uma maldade diabólica, alimentada pelo gim, fazia vibrarem todas as fibras do meu ser. Saquei do bolso do colete um canivete, abri-o, apertei a garganta do pobre bichano com uma das mãos e, deliberadamente, cortei um dos seus olhos para fora da órbita! Enrubesço, arde meu rosto, estremeço, ao me lembrar dessa atrocidade indesculpável.

Quando pela manhã a razão retornou a mim — já tendo se dispersado durante o sono os vapores da noite de dissipação —, experimentei sentimentos que combinavam horror e remorso pelo crime que cometera; mas, mesmo considerado com a melhor boa vontade, era nada mais do que um débil e equivocado sentimento, e a alma, esta permanecia intocada. Logo voltei a cometer excessos e afogava em vinho a lembrança do meu ato.

Nesse meio-tempo, o gato lentamente se recuperava. A órbita do olho decepado, é verdade, tinha uma aparência assustadora, mas pelo menos ele não demonstrava sentir mais dor alguma. Perambulava pela casa, como de hábito, mas, como era de se esperar, fugia apavorado sempre que eu me aproximava. Eu mantinha tanto dos meus antigos sentimentos que, no início, me magoava com essa evidente rejeição da parte da criatura que antes me amara tanto. Mas logo esse sentimento deu lugar à irritação. E logo me veio, como minha derradeira e irrevogável degradação, o espírito da *perversidade*. Desse espírito, não há filosofia que se ocupe. No entanto, tenho tanta certeza da existência da minha alma quanto de que essa perversidade é um dos mais primitivos impulsos do coração humano — uma das faculdades, ou sentimentos, inerentes e primários, que moldam o caráter do homem. Quem nunca se viu uma centena de vezes cometendo algum ato vil ou idiota, justamente pela razão de saber que *não* deveria cometê-lo? Por acaso, não temos uma perpétua propensão a, desprezando todo o nosso bom-senso, violar a *Lei*, meramente porque entendemos que temos de desafiá-la? Digo que esse espírito da perversidade foi o que me levou à queda final. Foi essa compulsão insondável da alma de *envergonhar a si mesma* — de violentar sua própria natureza — de praticar o mal somente pelo Mal — que me impeliu a ir adiante e finalmente consumar as torturas que havia infligido ao inofensivo animal.

Certa manhã, a sangue-frio, passei um laço em seu pescoço e enforquei-o num galho de árvore; e enforquei-o com lágrimas escorrendo-me dos olhos, já com o mais amargo remorso corroendo meu coração — eu o matei *porque* sabia que ele me havia amado e porque sentia que ele não tinha me dado nenhuma razão para feri-lo. Eu o matei porque sabia que, assim procedendo, estava cometendo um pecado, um pecado mortal que portanto ameaçaria de condenação eterna minha alma, excluindo-a — se assim fosse possível ainda — da misericórdia infinita do mais clemente e mais terrível Deus.

Na noite do dia em que pratiquei aquele crudelíssimo ato, fui despertado no meio da madrugada por gritos de *Fogo!*. As cortinas de minha cama estavam em chamas. A casa inteira estava ardendo. Foi com grande dificuldade que minha esposa, uma criada e eu conseguimos escapar do incêndio. A destruição foi total. Toda a riqueza que eu possuía no mundo foi extinta e eu me entreguei ao desespero.

Não me submeto à fraqueza de buscar uma relação de causa e efeito entre meu desastre e a atrocidade que cometi. Estou meramente traçando uma linha de eventos — e espero não estar fazendo nenhuma ligação imperfeita entre os fatos. Um dia depois do incêndio, visitei as ruínas. As paredes, com somente uma exceção, haviam desabado. Essa exceção era uma parede interna, não muito grossa, localizada mais ou menos no centro da casa, e contra a qual estava encostada a cabeceira da minha cama. No local, o gesso da cobertura da parede havia, em sua maior parte, resistido à ação do fogo — algo que atribuí ao fato de ter sido assentado recentemente. Ali junto, reunia-se uma grande multidão, e muitas das pessoas examinavam um trecho dela em particular, com apurada e ansiosa atenção. As palavras *estranho*, *singular* e outras expressões similares excitaram minha curiosidade. Assim, me aproximei e vi, como se gravada em baixo-relevo sobre a superfície branca, a figura de um gigantesco gato. A imagem fora fixada com maravilhosa nitidez. Havia uma corda em torno do pescoço do gato.

Na primeira vez que contemplei essa aparição — isso porque não havia como eu compreendê-la de outro modo —, meu assombro e meu terror foram extremos. Mas, um tanto depois, o raciocínio veio em minha ajuda. O gato, assim recordava eu, fora enforcado em um jardim adjacente à casa. Quando fora dado o alarme sobre o incêndio, o jardim havia sido imediatamente tomado pela multidão — alguém devia ter cortado a corda que prendia o animal à árvore e o atirara, por uma janela aberta, para dentro do meu quarto. Provavelmente, isso havia sido feito com o propósito de me despertar. O desabamento das outras paredes havia comprimido a vítima da minha crueldade contra a substância do gesso, ainda fresco, cuja cal, juntamente com as chamas, e mais a amônia desprendida pela carcaça, haviam modelado a figura que eu via.

Embora esses pensamentos tenham aplacado minha razão, se não também minha consciência, a respeito da surpreendente visão que descrevi, nem por isso esta deixou de causar profundo impacto na minha imaginação. Por meses, à frente, não consegui me ver livre do fantasma do gato e, durante esse período, sempre retornava ao meu espírito algo como um sentimento que parecia, mas não era, remorso. Cheguei mesmo a sentir a falta do animal e a procurar nos pardieiros que agora frequentava por um outro mascote da mesma espécie e de algum modo de aparência semelhante para tomar o seu lugar.

Certa noite, estava eu já entorpecido num desses antros infames quando minha atenção foi de súbito atraída para uma coisa negra que repousava em cima de um imenso barril de gim, ou de rum, que constituía a principal peça de mobília da sala. Eu estivera olhando fixamente para o topo do barril havia alguns minutos, e o que me causava surpresa agora era o fato de não haver até então percebido nada ali em cima. Aproximei-me, toquei-o, e era um gato preto — um gato enorme — tão grande quanto Plutão, e muito parecido com ele em todos os aspectos, menos numa coisa: Plutão não tinha pelos brancos em nenhuma parte do seu corpo, enquanto que este gato tinha uma grande, embora indefinida, mancha branca cobrindo quase toda a região do seu peito.

Quando o toquei, o animal imediatamente ergueu-se, ronronou alto e esfregou-se contra a minha mão, parecendo estar adorando minha atenção. Essa era, portanto, exatamente a criatura que eu vinha procurando. Imediatamente propus ao dono comprá-lo, mas o homem disse que o animal não lhe pertencia, que não sabia coisa alguma sobre ele, e que inclusive jamais o havia visto por ali.

Continuei a acariciá-lo e, quando me preparava para ir embora, o animal demonstrou querer me acompanhar. Permiti que o fizesse, parando vez por outra e lhe dando carinhosas palmadinhas, enquanto seguia caminho. Quando chegou em casa, imediatamente se pôs à vontade, e logo se tornaria o predileto de minha mulher.

Da minha parte, em breve comecei a sentir crescer em meu íntimo certa antipatia em relação ao bichano. Acontecera exatamente o contrário do que eu havia esperado. Entretanto — não sei como nem por quê — seu evidente carinho por mim mais me aborrecia e mesmo me irritava. Aos poucos, esses sentimentos de aborrecimento e irritação evoluíram para o mais amargo ódio. Eu evitava o animal; uma certa vergonha e a lembrança do meu ato anterior de crueldade me impediam de maltratá-lo fisicamente. Por algumas semanas, impedi-me de bater nele e de cometer contra ele qualquer violência; mas gradualmente — muito gradualmente — passei a olhá-lo com rancor insuportável e a fugir em silêncio de sua odiosa presença, como se o animal fosse o próprio hálito da peste.

O que sem dúvida aumentou o ódio que tinha ao animal foi a descoberta, na primeira manhã depois que o trouxe para casa, de que, assim como Plutão, também ele havia sido privado de um dos olhos. Essa circunstância, no entanto, somente o tornou mais querido à minha mulher, que, como eu já disse, possuía, em grande intensidade, aquela humanidade de sentimentos que, no passado, fora um dos traços marcantes do meu caráter e a fonte de vários de meus mais simples e puros prazeres.

Em contrapartida à minha aversão, entretanto, a predileção desse gato por mim parecia aumentar. O bichano seguia meus passos com uma pertinácia que será difícil fazer o leitor compreender. Sempre que me sentava, lá vinha ele enroscar-se por baixo da minha cadeira, ou espreguiçar-se sobre meus joelhos, cobrindo-me com suas repugnantes carícias. Se eu me levantava para caminhar, metia-se por entre meus pés e quase me fazia tropeçar, ou, cravando suas longas e afiadas garras em minhas roupas, escalava, desse modo, até meu peito. Em tais ocasiões, embora tivesse fortes impulsos de exterminá-lo, ainda me continha de fazê-lo, em parte devido à lembrança do meu crime anterior, mas, principalmente — deixe-me confessá-lo —, por absoluto *terror* em relação ao animal.

Tal medo não se referia exatamente a algum mal físico — e no entanto, me veria perplexo, sem condições de defini-lo. Quase tenho vergonha de confessar — mesmo nesta cela junto com meu companheiro — que o horror e o *pavor* que o gato me inspirava eram ampliados por uma das mais simplórias quimeras que seria possível conceber. Minha mulher havia chamado a minha atenção, mais de uma vez para a natureza da mancha de pelos brancos que já mencionei e que constituía a única diferença visível entre o estranho animal e aquele que eu destruíra. O leitor lembrará que essa mancha, embora grande, fora originalmente bastante indefinida; mas, aos poucos, de uma maneira quase imperceptível, e que por um longo tempo minha razão rejeitou, classificando-a de mera imaginação, acabou por assumir a forma precisamente definida de uma silhueta. Era agora a representação de um objeto que eu estremeço somente em nomear — e por isso, acima de quaisquer outros motivos, eu odiava e temia o monstro, e me teria livrado dele, *se me atrevesse a tanto*. Era agora, juro, uma imagem horrenda, apavorante, a imagem de uma *forca*. Ah, lúgubre e terrível máquina de horror, crime, agonia e morte.

E então, estava eu agora de fato amaldiçoado muito além das maldições da mera humanidade. E um animal, uma *besta* sem raciocínio, cujo companheiro eu eliminara desdenhosamente, uma besta sem raciocínio era o agente da minha — eu, um homem feito à imagem e semelhança do Altíssimo Deus — intolerável angústia. Pobre de mim! Nem durante o dia, nem durante a noite, conhecia eu a bênção do repouso. De dia, a criatura não me deixava um instante sequer sozinho; e, à noite, eu despertava de hora em hora de sonhos de insuportável terror, dando então com o hálito daquela *coisa* em meu rosto, e seu grande peso — um pesadelo corporificado que eu não tinha forças para afugentar — sobre meu coração!

Sob a pressão de tais tormentos, o débil resquício de bondade que ainda existia dentro de mim sucumbiu. Minha única companhia eram pensamentos cruéis. A animosidade de meu temperamento usual evoluiu para o ódio contra todas as coisas e a espécie humana. Minha mulher tornou-se a vítima — que vergonha! — mais usual de minhas súbitas, frequentes e incontroláveis explosões de fúria, às quais eu me abandonava cegamente. Ela tudo sofria, resignada e sem uma única queixa.

Certa feita, ela me acompanhou em alguma tarefa doméstica até a adega de nossa antiga casa, que nossa pobreza atual nos obrigava a manter como moradia. O gato descia os degraus, seguindo-me, e em dado momento quase me fez cair, o que me levou à loucura. Erguendo um machado e esquecendo, em minha fúria, o medo infantil que até então havia contido minha mão, desfechei um golpe no animal que, sem dúvida, seria mortal se houvesse saído como eu queria. Mas o golpe foi detido pela mão de minha esposa. Possuído, por conta dessa interferência, por uma raiva demoníaca, arranquei meu braço de sua mão e enterrei o machado em seu cérebro. Ela caiu, instantaneamente morta, sem sequer um gemido.

Tendo executado o horrendo crime, sem hesitar e com determinação, comecei a providenciar a ocultação do corpo. Sabia que não poderia removê-lo da casa, fosse dia ou noite, sem o risco de ser visto pelos vizinhos. Muitas ideias atravessaram minha mente. Num dado momento, pensei em cortar o cadáver em pequenos pedaços e destruí-los no fogo. Em outro, resolvi cavar uma sepultura para ela no chão da adega. Mais à frente, pensei em jogá-la no poço do quintal e em encaixotá-la, como se fosse uma mercadoria, com os cuidados de praxe, para desse modo chamar um carregador para tirá-la da casa. Finalmente, tive a ideia que achei de longe a melhor de todas, decidindo-me por emparedá-la na adega, como, segundo se conta, os monges na Idade Média faziam com suas vítimas.

A adega servia esplendidamente para tal propósito. Lá, as paredes eram pouco resistentes, e recentemente haviam sido recobertas por um gesso de má qualidade, que a umidade do ambiente havia impedido de secar. Além disso, em uma das paredes havia uma saliência, provocada por uma falsa chaminé, ou uma lareira que fora tapada para ficar igual ao resto da adega. Não tive dúvidas de que seria capaz de retirar os tijolos, naquele pedaço, enfiar ali o corpo e refazer toda a parede, como estava antes, de modo que os olhos não fossem capazes de detectar coisa alguma suspeita.

Não me enganei quanto a isso. Com um pé de cabra, facilmente retirei os tijolos e, depois de ter cuidadosamente posicionado o corpo contra a parede interna, mantive-o, com alguma dificuldade, naquela posição, enquanto refazia a parede para deixá-la como era antes. Tendo arrumado argamassa, areia e fibras, preparei o revestimento de gesso com todo o cuidado para que em nada se distinguisse do velho, e assim, cheio de precauções, iniciei o trabalho de reposição dos tijolos. Ao terminar, constatei com satisfação que tudo ficara perfeito. A parede não mostrava o menor sinal de que havia sido mexida. O entulho e a poeira no chão foram removidos com extremo cuidado. Olhei em volta, triunfante, e disse a mim mesmo:

— Pelo menos desta vez, meu esforço não foi em vão.

Meu próximo passo foi procurar o felino que havia sido a causa da tragédia. Eu já havia enfim me resolvido firmemente a matá-lo. Se tivesse conseguido encontrá-lo, na ocasião, não haveria dúvidas de que seria o seu fim, mas parecia que o astuto animal ficara de sobreaviso devido à violência desencadeada havia pouco por minha ira, e evitava se deixar à vista enquanto durasse aquele meu estado de espírito. É impossível descrever ou imaginar a profunda e abençoada sensação de alívio que a ausência da detestada criatura propiciou ao meu peito. O animal não reapareceu durante a noite — e assim, ao menos por uma noite desde a chegada dele, dormi profunda e tranquilamente: ah, sim, eu dormi, mesmo com o fardo do assassinato na alma!

O segundo e o terceiro dias passaram e meu algoz não apareceu. Eu já respirava de novo como um homem livre. O monstro, aterrorizado, havia fugido da minha casa para sempre. Nunca mais teria de vê-lo. Minha felicidade era suprema. A culpa pelo meu ato hediondo pouco me perturbava. Algumas perguntas eram feitas, mas prontamente respondidas. Até mesmo uma busca foi empreendida, mas, naturalmente, nada foi encontrado. Já dava minha futura felicidade como garantida.

No quarto dia depois do assassinato, chegou um grupo de policiais, de modo totalmente inesperado, que fez uma rigorosa busca em toda a casa. Convencido, no entanto, da impossibilidade de encontrarem o meu esconderijo, não me senti sequer alarmado. Os policiais me obrigaram a acompanhá-los durante a busca. Não deixaram de examinar nenhum canto nem compartimento. Finalmente, pela terceira ou quarta vez, desceram comigo para a adega, sem que um músculo meu sequer estremecesse. Meu coração batia sem sobressaltos, como alguém embalado na própria inocência. Atravessei a adega de um lado a outro. Cruzei os braços sobre o peito e por todo o tempo andava, lentamente, para lá e para cá. Os policiais estavam totalmente satisfeitos e já se preparavam para sair. A alegria em meu coração era forte demais para ser contida. Queimava-me por dentro o desejo de dizer uma palavra, ao menos, comemorando meu triunfo, e para convencê-los de uma vez e por completo de que não poderiam me culpar por nada.

— Meus senhores — disse eu afinal, enquanto subiam as escadas —, fico encantado por ter desfeito suas suspeitas. Desejo a todos boa saúde e um pouco mais de cortesia. A propósito, senhores, esta... bem, esta casa é muito bem construída... — No meu incontinente impulso de dizer qualquer coisa, mal sabia o que estava falando. — Posso até mesmo dizer que a construção é excelente. Essas paredes... Estão de partida, senhores...? Estas paredes foram levantadas com solidez.

E aí, tomado pelo prazer inelutável de me gabar, usando uma bengala que carregava, golpeei com força a parede, justamente naquele ponto onde estava o cadáver da minha amada esposa.

Mas queira Deus me proteger e me afastar das garras do arqui-inimigo! Assim que a reverberação da minha pancada foi engolida pelo silêncio, logo tive em resposta a voz vinda do túmulo. E era um gemido, a princípio abafado e entrecortado, como se fosse um soluço de criança, e logo a seguir crescendo para um longo, alto e contínuo, totalmente sobrenatural, inumano — um uivo! — guincho de horror e triunfo, que somente poderia ter saído do inferno, produzido pela garganta dos condenados em agonia e dos demônios, na exultação por terem conseguido arrebatá-los.

Seria loucura tentar explicar o que passou pela minha mente. Já perdendo os sentidos, recuei até a parede oposta. Por um instante, os policiais, nas escadas, permaneceram imóveis, dominados pelo extremo terror e assombro. Mas, imediatamente a seguir, uma dúzia de vigorosos braços estava derrubando a parede. O cadáver, já em avançada decomposição e coberto de gosma de sangue, surgiu de pé, diante de nossos olhos. Sobre a cabeça, com a boca vermelha arreganhada e um solitário olho cuspindo chamas, lá estava a horrenda besta cujo ardil me induziu a cometer o assassinato, e cuja voz delatora me entregara à forca. Eu havia emparedado o monstro naquele túmulo.

Comentário

"Não espero nem solicito que qualquer pessoa acredite nesta narrativa assustadora, embora também bastante familiar, que inicio aqui." Assim começa esta história. Só que, ao declarar que não é seu propósito convencer ninguém, esse personagem que o autor compôs para contar *O gato preto* tenta atrair para si toda uma aura de *desinteressado* — talvez por sua situação de preso e condenado, depois de ter destruído a própria vida, alguém que já não tem nada a perder —, que vai reafirmar mais à frente alegando que seu intuito é "apresentar ao mundo, do modo mais direto, sucinto e sem comentários, uma série de incidentes meramente domésticos".

Na cabeça do leitor, no seu envolvimento com a história — que é sempre o alvo da teia traçada por Poe e de todas as suas arapucas narrativas —, aqui vai nos falar, também, alguém que afirma que não é louco e dá como prova a sensatez dessas suas colocações iniciais.

Efeito — sempre o efeito. Sempre o cálculo, o movimento tático, impulsionando cada elemento posto em jogo, na narrativa, além de seu ritmo, e do tom em que o protagonista sustenta essa conversa (ou *confidência*? ou *confissão*?) com o leitor.

Claro. Da feita em que o narrador consegue transformar o leitor em *confidente*, o autor conseguiu também barrar toda a sua desconfiança para o extraordinário caso que vai ser contado. E se esse leitor não acreditar naquilo como verdade (Poe é que *não era louco* de achar que isso iria acontecer), nada impede que se comova, que se assuste ou se envolva *como se acreditasse*, durante a leitura. É o efeito da *suspensão da descrença* que Poe perseguia com suas construções.

Tudo isso, mais o *desfecho* da história, sempre subindo de tom em relação ao seu desenvolvimento, sempre um clímax — também *efeitos* perseguidos por Poe —, torna *O gato preto* e sua recriação, *O gato*, de Rogério Andrade Barbosa, uma síntese das técnicas formuladas por Poe e aplicadas à sua literatura. Aliás, desde a escolha do personagem principal...

...Que, nessa história em particular, pode ser entendido, muito bem, não como o narrador, mas como o gato, original e reencarnação, em sua bestialidade enfeitiçada. Afinal de contas, quem, se não um *gato preto*, seria escolhido para desempenhar o papel da criatura que *enlouquece* o nosso narrador, que o torna capaz de tantas atrocidades? Não podemos deixar de reparar que o nome do primeiro gato, Plutão, é também o nome do senhor dos infernos, na mitologia romana. Logo, absorvendo generosamente os estímulos de uma literatura de alta técnica e muita reflexão sobre seu aspecto de composição, Rogério Andrade Barbosa, em sua homenagem a Poe, depois de uma dissimulada epígrafe que ecoa tanto a inocência infantil quanto todo o imaginário sobreposto à figura do gato preto, faz vibrarem novamente as principais cordas do mestre da meia-noite: *o ber-ro que o gato deu* reverbera sem cessar nas páginas das melhores histórias em que o leitor revive seus receios, pesadelos e terrores.

Cronologia de Edgar Allan Poe

- 1809. Nasce, em Boston, em 19 de janeiro, filho de David Poe e de Elizabeth Arnold. Seus pais eram atores pobres, e o pai, David, ou morreu ou abandonou a família — não se sabe ao certo — no mesmo ano do nascimento de Edgar, quando já moravam em Nova York.
- 1811. Morre a mãe, de tuberculose e privações, em 10 de dezembro. Edgar é adotado pelo comerciante escocês John Allan e sua esposa. Edgar Poe vai assumir o nome do padrasto.
- 1815. Vai com a família Allan para a Inglaterra. Reside em Londres até 1820.
- 1820. Regressa aos EUA.
- 1827. Publica seu primeiro livro, *Tamerlane e outros poemas*, que não alcança nenhuma repercussão.
- 1833. Ganha 50 dólares de prêmio pelo seu conto "Manuscrito encontrado numa garrafa". Começa a publicar contos no jornal *The Saturday Visitor*, de Baltimore, onde está residindo.
- 1835. Faz sucesso como redator do *Southern Literary Messenger*, de Richmond, Virgínia, onde também

publica poemas, contos e críticas. A 22 de dezembro, casa-se secretamente com sua prima, Virginia, de 14 anos de idade. O casamento vai ser anunciado publicamente em 16 de maio do ano seguinte.

- 1837. Muda-se para Nova York com a mulher e a sogra.
- 1838. Publica em Nova York e Londres simultaneamente o romance *A narrativa de Arthur Gordon Pym*. Muda-se em agosto para a Filadélfia.
- 1838. Em dezembro, publica, em dois volumes, a coletânea de 25 contos *Histórias do grotesco e do arabesco*.
- 1841-42. Trabalha como redator para órgãos de imprensa e lança seus primeiros contos policiais: *Os assassinatos da rua Morgue* e *O mistério de Marie Rogêt*. Em 1842, Virginia apresenta os primeiros sintomas de tuberculose. Nesse ano, Poe tem um famoso encontro com Charles Dickens, durante o qual discutem problemas relacionados a direitos autorais.
- 1844. Com a esposa gravemente doente, muda-se para Nova York. Esforça-se por ganhar a vida com sua produção literária. Nesse ano, vai concluir *O corvo*, que faz sucesso rápido e no mundo inteiro. Apesar disso, Poe ganha pouquíssimo dinheiro pelos direitos de publicação.
- 1847. Reduzido à miséria total, morre sua mulher, Virginia. Já no ano seguinte, Poe começa a ter problemas com alcoolismo e tenta algumas vezes o suicídio.
- 1848. Charles Baudelaire traduz sua obra para o francês e se torna admirador e divulgador de Poe.
- 1849. Depois de alguns dias desaparecido, numa passagem por Baltimore, é encontrado vagando na rua, delirando de febre, em lamentável estado de desnutrição, desidratação e imundície. É levado para um hospital, onde morre dias depois, em 7 de outubro.

O mestre da lúgubre hora

O REINO DA Meia-Noite tem um Senhor, ou um Mestre... aquele que invocou para habitá-lo tantos e tantos personagens, nos fazendo imaginar monstros encriptados nesses recantos tormentosos que todos temos dentro de nós. E que às vezes, já não mais contidos, já não mais refreados, nem reprimidos, tomam conta de nosso espírito. São estas as crias de Edgar Allan Poe.

Como ressaltou um artigo de jornal[28] comemorativo ao bicentenário do nascimento de Edgar Allan Poe, não se pode esquecer que ele morreu com 40 anos, idade na qual muitos escritores estão entrando na fase mais madura de sua carreira. Até onde sua obra poderia ter chegado, se ele tivesse vivido mais vinte anos, não se sabe. O fato é que sua vida foi abreviada tanto por tragédias pessoais quanto por dificuldades financeiras causadas pela reprodução desautorizada e sem pagamento de direitos de sua obra, nos EUA e pelo mundo afora.

---

[28] "As tramas de Poe", de Luís Augusto Fischer. *Folha de S.Paulo*, 18/1/2009. Caderno Mais!, p. 8.

Classificado dentro da escola literária denominada *Romantismo*, em sua versão *gótica*,[29] a rotulação nos diz pouco sobre suas particularidades como escritor. A grande característica de Poe, assumida e declarada, foi escrever histórias que impactassem seus leitores. Jamais escreveu para si, como exercício de virtuosismo, ou para a posteridade, esperando reconhecimento apenas futuro, ou em função de ideais estéticos que não se materializassem em técnicas, em opções técnicas de como melhor contar a trama sobre a qual trabalhava. Ele desejou ardentemente viver da escrita e para a escrita.

Seus preceitos principais estão expressos num ensaio de 1846, *A filosofia da composição*, publicado na *Graham's Magazine*, que traz, como ele mesmo escreve, seu *modus operandi*, seu *passo a passo* de composição narrativa. É um documento precioso, uma enciclopédia condensada da arte e do ofício literários.

Nesse ensaio, defende sua opção por privilegiar o *efeito* de cada elemento posto em cena sobre o leitor, tal como a importância, para o escritor, de definir previamente o *desfecho*[30] da sua história:

Nada é mais evidente do que a necessidade de que toda trama, digna desse nome, deva ser elaborada até o seu desfecho antes que a pena toque o papel. É somente com o desfecho constante-

---

[29] Em alusão ao estilo arquitetônico (gótico) do castelo que aparece numa novela muito popular, *O castelo de Otranto* (1764), de Horace Walpole, com ambientes amplos mergulhados em sombras, muitos arcos, torres altas e pontiagudas. O gótico na literatura seria uma vertente do Romantismo que exploraria o macabro e o sobrenatural. Costumam ser listados como góticos Mary Shelley (*Frankenstein* — 1816-17), Robert Louis Stevenson (*O médico e o monstro* — 1886) e Bram Stoker (*Drácula* — 1897), entre outros.
[30] "*Dénouement*".

mente em vista que podemos transmitir à trama seu indispensável ar de consequência, ou causalidade, criando incidentes e, especialmente, o tom de cada elemento, sempre convergindo para o desenvolvimento da intenção definida previamente.

Trata-se aqui justamente do final surpreendente, impactante — que o leitor de *Era uma vez à meia-noite* pode conferir tanto nos contos de Poe como nas recriações feitas pelos autores do Clube dos Segredos. E esse sentido de *deliberação*, de criar o conto pensando a cada momento na reação do leitor, pode ser bem explicitado em um outro trecho, em que Poe explica como chegou ao personagem Nevermore, o corvo do seu poema mais famoso. Na verdade, antes do pássaro, Poe chegou ao refrão que ele repetiria no poema, marcando o final de cada estrofe, como a batida taciturna de um relógio já retirado do tempo... *Nunca-mais...* *Nunca-mais*:

> Em meio a tal busca [do refrão], seria absolutamente impossível deixar de passar pela palavra *Nunca-mais* [Nevermore]. De fato, foi a primeira que se apresentou, espontaneamente.
>
> O *desideratum*[31] seguinte foi o pretexto para a utilização contínua dessa única palavra, *Nunca-mais*. Ao examinar tal dificuldade, com que imediatamente me deparei, de inventar uma razão suficientemente plausível para essa repetição constante, não deixei de perceber que essa mesma dificuldade surgia somente da pressuposição de que a palavra era continuada e monotonamente repetida pela fala de um *ser humano*. Não deixei então de perceber que essa dificuldade residia na conciliação dessa monotonia com o exercício da razão da parte da criatura que repetiria a palavra.

---

[31] Aqui, a expressão é aplicada com o sentido de *desafio*.

Aqui, então, imediatamente surgiu a ideia de uma criatura irracional, mas capaz de falar; e, muito naturalmente, um papagaio, no primeiro momento, foi a sugestão que brotou, mas logo foi superada de longe pelo Corvo, igualmente capaz de falar e infinitamente melhor no aspecto de combinar com o *tom* pretendido.

Pois aí está. Já imaginaram se esse célebre poema fosse intitulado *O papagaio*? Como soaria sua sentença de eternidade morta — "Nunca-mais"? A quem convenceria de seu sentido de melancolia irremediável e de condenação — da perda irreparável do ente amado? E vocês podem também imaginar, considerando o conto *O gato preto*, Poe realizando reflexões e cálculos (de efeito) semelhantes para definir a *criatura irracional* que estrelaria aquela história?

Mas justamente por essa capacidade de Poe de ajustar a sintonia de seus contos é que ele se torna um escritor com aficionados entre autores como Baudelaire, T. S. Eliot, Arthur Conan Doyle, Jorge Luis Borges, Machado de Assis,[32] Stephen King (o personagem do escritor em *O iluminado* é quase decalcado dos contos de Poe) e tantos outros. E também por conta da eficácia da realização de suas *intenções*, dos efeitos que perseguiu com minuciosa elaboração, Poe tornou-se um autor de sucesso no cinema — é antológica a série de adaptações de sua obra nos anos 1960, com Vincent Price no papel principal — e na cultura de massa, dos quadrinhos ao seriado de desenho animado *Os Simpsons*.[33]

---

[32] O conto *O enfermeiro* pode ser lido como uma paródia de *O coração delator*, no qual a culpa, a *delatora*, ingrediente em Poe, é desmoralizada em Machado.
[33] Ver *O corvo na cultura popular*: http://en.wikipedia.org/wiki/TheRaveninpopularculture. Na Wikipedia em inglês (http://en.wikipedia.org/wiki/EdgarAllanPoe) também é possível encontrar mais informações biográficas sobre sociedades dedicadas ao culto de Edgar Allan Poe e sua obra, e sobre Poe e a cultura de massa.

Desse modo, Poe permanece, como um habitante de nosso imaginário, um mestre da lúgubre hora, quando um pássaro agourento pode entrar pela janela, para abrir e expor em carne viva nossa melancolia. Em vários sentidos, sua obra se tornou *clássica*: pela excelência na composição literária, criando recursos expressivos originais e impactantes, pela influência no todo da Literatura e junto aos escritores de várias partes do mundo — pelo menos aqueles que escrevem pensando principalmente em serem lidos, em cativar leitores — e até mesmo por sua popularidade. Se Poe não pensou tanto assim em escrever nem para os eruditos, nem para a posteridade, alcançou também essas instâncias, e isso, naturalmente, pela força inerente de sua obra. E, sobretudo, contando o número de fãs ao redor do planeta, esse escritor que sofreu tanta dificuldade por conta dos que se apropriavam de sua obra sem nada lhe pagar por isso, esse homem que tropeçou tanto no amor e foi perder sua adorada esposa tão cedo — até por conta da penúria e da miséria a que foi submetido por tentar viver do seu trabalho como escritor — talvez encontre alguma compensação, hoje em dia, em ser tão amado e admirado por tantos leitores.

Ou talvez, não.

Como se ele vagasse sem descanso no Ermo, talvez a desolação de sua literatura, que tanto nos assombra, perturba, persegue, ressoe sempre o seu refrão: *Nunca-mais*.

Os Lúgubres Membros do Lugubérrimo Clube dos Segredos

Pedro Bandeira
Druida-mor, colecionador de terrores, imagens e histórias que não deveriam brotar neste lado de cá da realidade.

Rosana Rios
Com estranhas e inconfessáveis ligações com outros mundos, entende de passagens para o sobrenatural e o encantado.

Rogério Andrade Barbosa
Feiticeiro das trevas, dotado do conhecimento de quebrantos e mandingas ancestrais.

Leo Cunha
Entende de mortos-vivos, associa-se a aberrações inumanas, fala em nome de variadas danações.

Luiz Antonio Aguiar
Pérfido e maligno encantador de ouvidos, olhos e mentes desavisados, aprendeu com um bruxo a arte da ilusão.

Este livro foi composto na tipologia Minion Pro,
em corpo 11,5/15, impresso em papel off-white 80g/m²
no Sistema Cameron da Divisão Gráfica
da Distribuidora Record.